燧と至仏

悠木 龍一

ブックウェイ

ウスユキソウ

ウラジロヨウラク

ジョウシュウアズマギク

タテヤマリンドウ

タテヤマリンドウ

ニッコウキスゲ

ニッコウキスゲの群落

ハクサンイチゲ

ワタスゲ

シナノキンバイ

「広大な尾瀬ヶ原を差し挟んで東西に対立している燧ヶ岳《ひうちがたけ》と至仏山《しぶつさん》。燧の颯爽《さっそう》として威厳のある形を厳父とすれば、至仏の悠揚とした軟らかみのある姿は慈母にたとえられようか。

原の中央に立ってかれを仰ぎ、これを眺めると、対照の妙を得た造化《ぞうか》に感嘆せざるを得ない」

深田久弥《ふかだきゅうや》は「日本百名山」の燧ヶ岳の記述を至仏と対峙させて始めている。

昭和四年五月六日月曜日は、立夏で大安であった。

端午の節句が終わり、不忍池《しのばずのいけ》の蛙が鳴き始める。

空も水も輝く季節の始まりである。

吉村正三《よしむらしょうぞう》は信州諏訪湖近くの農家の三男として生まれ、尋常小学校を卒業した大正五年十二歳で、伝手《つて》を頼って東京浅草の履物屋「駒泉《こません》」に奉公に出た。

丁稚《でっち》に入り、十八歳で手代《てだい》になり、更に七年勤め、暖簾《のれん》分けを受けた。

今日は、後に吉村茂《よしむらしげる》の父となる正三の店の開店日である。

店は上野不忍池の南側、上野町商店街、昔からの繁華街である一等地だ。

浅草の「駒泉」は下駄・雪駄《せった》・草履《ぞうり》を製造販売する江戸時代から続く名店であった。

十三年勤めて、手代から番頭格に出世する時期になったが、店には大番頭に加え中番頭が二人いた。

「駒泉」の主人秀助《しゅうすけ》は、正三の履物屋店主としての素質を見抜き、暖簾分けをすることにした。

店は、もともと「駒泉」の先代主人が妾宅に使い、今は貸家にしていた古家を壊し、建て直した。

秀助が正三に土地を貸し、建築費は正三が、銀行や組合から借金した。

上野広小路界隈《かいわい》の土地は、買えば坪単価九百円位で、三十坪程の敷地は、二万七千円である。

大学出の初任月給が五十円の時代だから、月給丸ごと使っても四十五年分になる。

それだけの土地を貸し、店を構えさせるということは、秀助が正三を如何にかっていたかがうかがえる。

正三は、既に一年前に谷中《やなか》の菓子屋の次女で六歳年下の千代《ちよ》と見合いし、祝言を挙げていた。

屋号は「駒泉」の一字を貰い「駒正《こましょう》」とした。

開店祝いの花輪や大入り額、招き猫、鏡など縁起物が並んだ店頭には、祝い客が朝から訪れた。「駒泉」の得意客や親しい取引先等を、二階の八畳と六畳の襖を外した広間にあげて、赤飯や酒肴でもてなす。

客も心得ている者ばかりなので、たいそうな長居はしない。帰りには紅白の餅と店の名前を入れた朱の袱紗《ふくさ》を持たせる。

昼前までは引っ切り無しだったが、午後になりやがて祝い客も途切れた。

正三は、立ち合いにきた「駒泉」の秀助と後輩の手代が、丁稚一人を手伝いに残して引き上げるのを、店先で千代と二人で見送った。

別れ際に秀助は二人に言葉をかけた。

「正三、いいかい、昔から『商人《あきんど》と屏風《びょうぶ》は直《すぐ》には立たぬ』という。『艱難《かんなん》汝を玉にす』と腹に銘じて勤めることだ。

千代さん、『女房は半身上《はんしんじょう》』だからよろしく頼むよ」

二人は丁重に謝辞を述べ深く頭を下げた。

見送った後、開店挨拶に町内をまわった。通りからは不忍池が見える。道を一つ出れば下谷広《したやひろ》小路《こうじ》である。

創業が宝暦《ほうれき》、元文《げんぶん》、安政《あんせい》など歴史ある店が多い。

薬、総菜、鰻《うなぎ》、櫛、帯紐、袋物、小間物などといった、森鷗外や夏目漱石などの小説にも登場した老舗が軒を連ねている。

森鷗外が小説「雁《がん》」で、

「それから『松源《まつげん》』や『雁鍋《がんなべ》』のある広小路、狭い賑やかな仲町を通って、……」

云々《うんぬん》と書いたとおりの賑わいが尚も盛んだ。

「雁」のなかで、主人公の「僕と岡田」が石をぶつけた雁を池から隠れて引き上げるために夕闇を待つ間、時間をつぶしたという蕎麦屋もある。

ひととおり挨拶を終えて、池を眺めていると、上野の山でカラスが騒ぎ出し、中島の弁天の森や、蓮の葉が浮かんだ水面に、次第に夕靄《ゆうもや》が漂って来た。

大きな鯉が跳ねた。

正三はあらためて、老舗の多い歴史ある商店街の一角に店を構えたことの喜びを感じていた。

店に戻り、日暮れになり、両流れの屋根の端を垂直に切った切妻を見上げ、三間の妻入り玄関のガラス戸に雨戸を引いたが、雨戸の潜戸《くぐりど》はまだ開けている。

玄関に張り出した一階屋根の上には、屋号を書いた桧《ひのき》の看板が真新しい。

店に入ると、踏込みの三和土《たたき》がある。

沓脱《くつぬ》ぎ石の奥は、二尺ほどの高さの上がり框《かまち》、続いて受付と作業場を兼ねた三畳敷、横の壁には履物と材料を置く棚を据えた。

店頭から三和土に花輪や花篭を仕舞い、掃除を終えて座敷に入ると、奥の勝手から包丁で大根でも切っているのだろうか、俎板《まないた》を叩く音が聞こえる。

やがて千代が、赤飯と尾頭付きの鯛や昆布巻きなど祝い客に出した膳を立て、二人での夕飯になった。

「お燗にしますか、冷やで?」

「冷やが良いな」

千代は漆塗りの朱の三つ組盃を、盆からとり正三に渡した。

祝言の時にもらったものである。

二人は互いに注ぎあい、祝杯をあげた。

「あら、これは燗冷《かんざ》ましだったわ」

一本目の徳利が空いて、次を注ごうとして、千代が気が付いた。

「今日はいい酒だから、崩れてないよ。しばらくはもうこんな酒は飲めないな」

千代は、夫がそうは言っても、うれしそうな表情を浮かべているのをいとおしく感じていた。

「お前さん、半身上って、何の事?」

「女房は家産《かさん》の半分だってことよ。家の身代はかみさん次第だ。旦那は本当にありがたい」

商いは、「駒泉」からの下請け仕事と、「駒泉」時代についた正三を贔屓《ひいき》にする客をあてにしている。

また場所柄、飛び込み客も結構いるので、なんとか食いつないでいけると見込んでいた。

正三は農家の七人兄弟の真ん中で、兄や弟妹達に挟まれて育ち、細かく気を遣う質《たち》だった。また、母親の内職の反物織りや、家の草鞋《わらじ》づくりを手伝っていたことが、履物職人としての腕に幸いした。

客の足や歩き方、体型、着物の好みなどを目敏《めざと》く読み取り、好みそうな履物の型や色を薦めた。鼻緒《はなお》の挿《す》げもうまい。

中でも草履が得意であった。

草履は、江戸の頃は草鞋・下駄の底に皮を張り、強化して長持ちするようにしたもので、雪駄の一種だった。

明治以降、和装が女性の儀礼用・社交用の衣服として定着すると、和装にふさわしい履物として高級な草履ができてきた。

長円形で薄い形は、つま先が細く踵が幅広く、また足裏が接する「天」の部分も、先が低く踵が高い流線形に変わっていった。

「台」と呼ばれる、鼻緒を除く草履の土台部分の芯に、外国から入ってきたコルクが使われ始め、長持ちするようになった。

当初は、コルクをビロードや畳表で覆っていたが、駒正の開業の頃から、革をコルクに接着する技術が始まった。

「巻《まき》」という草履の横の部分も革を張るようになり、履いた時に目立つので、一段や四分二半、三段等、革の枚数を使い分け美しく整える。

「天」と「巻」の革の色や柄の組み合わせで、派手ではなくとも引き立てあい、洒落たものになる。

礼式用は、全体を同系色に揃えたものが落ち着きがあり好まれる。

草履の好悪を決めるもう一つの大きなポイントは鼻緒である。

足を草履に繋ぐ紐と思えばそれまでだが、足元の細かいところに気遣いをして、知らん顔で歩くところが江戸っ子の粋《いき》だ。

色柄も「天」や「巻」と馴染むものにする。

また、鼻緒の挿げ具合は履き心地を左右する。

足に合っていないと、疲れたり、足を痛める原因となる。

良い職人はお客の歩き方と足を見ただけで、ぴったり合う鼻緒を挿げることができた。

正三も手代になってから、店頭の客に挿げるようになったが、最初から良い挿げができ番頭に褒《ほ》められた。

実は、先輩の丁稚が手代になり、初めて客に挿げたときに失敗し、こっぴどく叱られたのを見ていたのである。

それ以来、正三は色々な形の草履・雪駄・下駄に自分の足を合わせ、大小や傾斜に応じた挿げ加減を練習した。

挿げがまずければ、すぐ評判が落ちるが、正三の巧みな挿げは、履物のしっかりした造りと洒落た柄や形と共に、客に好まれた。

さらに、秀助が正三に店を与えた理由には、正三の性格と人あしらいの巧みさがあった。

店主は技術が良いだけではなく、客とのやり取りに長けていなければならない。

正三はあまり人見知りをせず、誰とでも気さくに話ができた。

秀助はよく店の奉公人たちと話をするのだが、正三は丁稚のときから、秀助から声を掛けられても、臆することなく話した。

不具合を注意された時も黙って俯《うつむ》いていたりはしない。

言われた事を自分なりに感じ取って、返事をする。

また、客や出入りの業者ともよく話す。

正三は、年の差や相手の地位に応じた受け答えができ、相手をよく理解した。

応対には、客の好みや性格を見抜く眼が必要である。

丁稚時代の正三は接客を手伝う時、客の選ぶ様子やなにげない口ぶりを感じ取って、好みを見抜き、気に入りそうな品物を選んで手代に渡す。

手代になってからは、世間話を交えたり、さりげなく褒めて接客した。

帯がいいとか、足が細いとか、今日はご機嫌がいいとか、何かしら褒め、乗ってくれば履物の薀《うん》蓄《ちく》などを話す。

若いのに、押すところと引くところの塩梅《あんばい》がよい。

店主となればいくら腕がたっても、接客が巧みにできなければ、よく言えば職人肌、悪く言えば野暮で、客はなかなか増えない。

うまく接客して、満足してもらうことが誂《あつら》え商売の要なのである。

駒泉の丁稚奉公は、修業であり飯付の住み込みなので、ほとんど無給であった。

それでも正三は浅草六区の映画館・劇場や凌雲閣《りょううんかく》などが物珍しく、少ない小遣いで遊んだ。

凌雲閣は十階までは煉瓦造りで外国物品販売店や休憩室があり、十一・十二階は木造で展望台の大人気の浅草名物であった。

しかし、大正十二年九月一日の関東大震災で建物の上部が崩壊し、展望台にいた見物人が十数人即死した。

復旧が困難であったため、九月二十三日には陸軍工兵隊により爆破解体された。


大震災では、正三も怪我こそしなかったが大変な経験をした。

当日、中食の準備ができたという女中の呼ぶ声で、奉公人座敷に集まり、食べようとした時に地震が起こった。

仲見世を中心とした商店街も、すべての店が被害を受け、大多数が倒壊した。

「駒泉」も倒壊こそしなかったが、履物や材料を積んだ棚がほとんど崩れ、漆喰壁もひび割れ、剥げ落ちた。

そして、隅田川の両岸から火の手が上がり、翌日午前には東京の下町の大部分が炎に呑み込まれた。

当日は、能登半島近くに弱い台風があり、地震発生時には関東地方でも相当の強風が吹いていた。

火災が鎮火したのは、地震発生から丸二日経った九月三日午前十時ごろだった。

地震と火災の犠牲者は、東京市十五区だけでも六万六千人に達した。

駒泉の店子《たなこ》たちは、火事が周囲に迫って危険なため、二、三人を残して、上野の山に避難した。

夜半になっても余震が続き、炎は夜空を焦がしながら下町を焼き尽くした。

正三は、何度も通った凌雲閣が崩れ、見慣れた街並みが跡形もなく燃え落ちていくのを、上野の山からまんじりともせず見つめた。

浅草や上野の町が姿を変え、人々が恐怖と混乱に翻弄《ほんろう》された大災害を経験した。

上野の山で見知らぬ人たちが、互いに助け合い庇《かば》い合う姿をみて、それまでともすると、馴染めなかった東京の下町を、第二の故郷と思えるようになった。

そのことが、奉公の気持ちを変えた。

番頭格にまでなれれば、諏訪に帰り大社の側にでも店を持てればいいと、漠然と考えていたのだが、苦しみと悲しみの中から必死で復興していく下町で、自身も懸命に生きていくうちに、浅草に愛着を感じた。

震災後再建されていく店と、力尽きて消えていく店があった。

再建に取り組む商人たちは、過去何度となく地震や大火に見舞われた都度復興し、旧に倍する成長を遂げてきた江戸の町の伝統を引き継いでいた。

何百年も続いてきた老舗は、代々の先祖の苦労で積み上げられていた。

老舗に負けない仕事をすることは並大抵ではないが、若い正三にはまだ怖いものはなかった。

上野の山は桜に始まり、躑躅《つつじ》、サツキと続いて花が競う。

そして夏が来て、不忍池は蓮の華が真っ盛りとなった。

不忍池の蓮の花

祭りが繰り広げられ、池畔《ちはん》に植木市が立ち、弁天堂《べんてんどう》の参道には縁日の店が集う。

正三はいつものように開店前に通りを掃き、打ち水を撒《ま》き終え、池に行って華を眺めた。

華は早朝に咲き、昼には閉じる。

水玉を乗せた大きな葉の上に桃色がかった白い華が伸びている。

「蓮は泥より出でて泥に染まらず」

といわれるように、蓮華《れんげ》は清純で聖なるものにたとえられる。

商売は芳しくはなかった。

第一次大戦後、世界主要国が金本位制に戻り、好景気に沸いていたが、日本は大戦中に実施した金禁輸を解くことができず、戦後恐慌、金融恐慌、震災恐慌と不況を続けていた。

昭和二年十二月に上野浅草の地下鉄が開業し、四年には震災で全焼した上野松坂屋が再建されるなど、町は不況に負けず繁栄しているように見えたが、大衆は長い不況に喘《あえ》いでいた。

千代は苦しい台所をやりくりし、一汁一菜は週一回、普段はご飯・汁・漬け物のみだった。塵紙《ちりがみ》は半分に切り、ロウソクも爪に火を灯すように使う。竈《かまど》の薪は、近所で探した廃材を用いた。

お客に番茶という訳にもいかず、得意客ならちょっとした菓子もださなければならない。何度かは谷中の実家に助けを無心したが、菓子屋も景気が悪いので、いい顔はしない。

それでも、千代は店の看板が貧相に見えるようなことはすまいと心がけていた。

もう立秋なのだが残暑はこれからで、店先の打ち水が乾く都度、千代は井戸端から水桶を運び、柄杓《ひしゃく》で水を撒いていた。

池の方から幌《ほろ》を掛けた人力車が一台やってくる。

千代が俯いたまま、何杯目かの水を撒くと、車夫に水がかかった。

「何しやがる、べらぼうめ！　いくら暑くたって、祭りじゃねえんだ」

腹当てだけで、諸肌《もろはだ》を出した肩から背中にかけて、鮮やかな刺青がみえる。

千代は暑くて呆けていたところに、大声で怒鳴られ、思わず腰が引け、退《しりぞ》きながら店先のどぶ板を踏み外し、強《したた》かに尻餅をついた。

その勢いで、水桶は跳ねて転がった。

「ああ、ごめんなさいよ、勘弁してください」

千代は、急いで立ち上がり、頭をさげたが、今度は右の下駄の鼻緒が切れ、前に転んだ。

車夫はそれを見て、さすがの剣幕もいささかおさまり、

「気いつけやがれ！」

と捨て台詞で、一度停めた車を再び引きはじめ、走り去ろうとした。

正三も飛び出して、頭を下げる。

すると、車上の客が車夫に声を掛けた。

「ちょいと、停めてくれ」

パナマ帽に、白い縮緬《ちりめん》の和服を着た中肉中背の男が、車から降りた。

「姉さん、いや、奥さんかね、大事はないかい？

すまないね、びっくりさせちゃって。

荒いけど、悪気はないいんだ。ちょっと急いでもらったもんで」

「とんでもねえ、手前どもこそ、とんだ失礼を。おっちょこちょいな嬶《かかあ》だもんで、車夫さん、勘弁してやってください」

「怪我はないかい？

おや、こりゃあ、草履屋さんかい、最近開いたのかね？」

「へい、三ヶ月になります」

「そうか、この不景気によく開店したね。

立派なもんだ」

「へい、何とか暖簾分けさしてもらったんですが、青息吐息で」

「駒正とは、浅草の駒泉さんから暖簾分けかい？

そうか、まあ、物事てえものは、うれしい前にはきまって心配事や悲しいことがあるんです。うちに、景気も良くなるだろう」

言葉を掛けられて、千代も少し落ち着き、また頭を下げた。

「ありがとうございます。

本当に申し訳ない事しちまったのに、すみません」

「まぁ、鼻緒がきれても、草履屋さんだから、挿げには困らないね。

じゃあ、御免なさいよ」

汗をぬぐっていた車夫が引き始めた車は、角を抜けて浅草の方に去った。

頭を下げて見送ると、隣の店主が出てきて、車上の男は鈴本亭に出ている東尾慶運《ひがしおけいうん》という講談師だと正三に教えた。

四、五日ほど経った夕方に、店で草履を拵《こしら》えていると、慶運が入ってきた。
「いらっしゃい。あ、これはこれは、先日は申し訳ありませんでした。

なんだかかえって、お師匠さんに親身に声までかけていただいて、ありがとうございました」

「やぁ、奥方は大事はなかったかい？

まあ怪我がなけりゃよかった」

表には人力車が二台停まっている。

慶運の後ろには和服の女性が続き、軽く会釈して店に入り、陳列してある草履を眺めている。

「主殿《あるじどの》、こいつは家のおっかあだ」

千代も気づいて奥から飛び出して、挨拶を繰り返す。

慶運は、

「こないだの件は、打ち水だけに、水に流して」

「えっ、ありがとうございます。やっ、さすがにお上手で」

「それより、ちょいと、俺に雪駄と、こいつに草履を見せてくれ」

夫人は紺無地の絽《ろ》の帷子《かたびら》を着て、幅の狭い鶯色《うぐいすいろ》の繻子《しゅす》の帯を締めている。

銀杏返し《いちょうがえ》しの日本髪は玄人っぽい。

広い額に人並みより大きい二重瞼の眼、小ぶりだが筋の通った鼻、そして、少し受け口で下唇が厚めである。

素足に下駄を履いている。

色っぽいが、化粧は薄く、和服も派手ではない。

正三は駒泉時代に、店に客として何人も来ていた深川芸者を思い出した。

取りあえず、陳列していた何個かの草履を手に取らせて、反応を窺う。

「如何《どう》だい、さと子?」

慶運は自分も雪駄を見ながら妻に尋ねる。

「いい色合いだね、この鼻緒はビロードかしら?」

気に入ったようである。

ビロードは、柔らく上品な手触りと深い光沢が特長で、女性に好まれるが、縫いずれし易いので、鼻緒に仕上げるには結構な技術が必要である。

正三は、駒泉時代はうまくできなかったが何度も試し、なんとか仕上がったのを店頭に並べていた。

二人はそれぞれ一足ずつ買って行った。


正三と千代は、二人を見送ってから、顔を見合わせた。

「いやぁ、驚いたね、瓢箪《ひょうたん》から駒ってやつか」

「あら、それを言うなら、怪我の功名だよ。

奥さんは辰巳芸者上がりじゃないかしら」

辰巳芸者とは深川が江戸の辰巳(東南)の方角にあったことから、深川界隈でつとめる芸者のことをいう。

「意気」と「張り」を看板にし、辰巳芸者は江戸の「粋」とたたえられた。

十日もしないうちに、さと子が、三人ばかり島田やら桃割《ももわれ》に結った若い芸者を連れて来た。

話の様子から、さと子はやはり、深川の売れっ子だったらしい。

「音吉姉さん」と呼ばれている。

若い芸妓たちは、さと子同様薄化粧で、地味である。

正三は、鼻緒や巻が粋だけれど、決して派手ではない草履を勧めた。

値段は並だが、洒落ていて、しっかりした造りは、下町の芸者たちの気に入ったようだった。

慶運夫婦は、花柳界《かりゅうかい》だけではなく、講談師や落語家、また歌舞伎界にも知り合いが多いらしく、和服を仕事着にする客を、その後も紹介してくれた。


年が明け昭和五年一月に、長く続く不況からの脱出を目論んで、浜口雄幸《はまぐちおさち》内閣は財政立て直し、合理化による節約と緊縮政策を掲げ、金解禁を実施した。

だが、既に、ニューヨークに端を発した世界大恐慌が広がっていた。

大蔵大臣井上準之助《いのうえじゅんのすけ》は金解禁で輸出拡大を目論んだが、狙いとは裏腹に、輸出は激減した。

主要な輸出品の生糸はアメリカ、綿製品・雑貨は中国・アジア諸国向けだが、これらの国々はとりわけ世界恐慌の強い影響を受けていた。

三月には商品市場が大暴落し、生糸、鉄鋼、農産物等の物価も急激に低下した。

更に株の暴落が起こり、物価と株価の下落によって中小企業の倒産や操業短縮が相次ぎ、失業者が街にあふれた。

エリートであったはずの大学・専門学校卒業生の約三分の一が就職できず、「大学は出たけれど」が流行語となり、「ルンペン時代」ともいわれた。

駒正がこのかつてない大不況を何とか乗り越えられたのは、慶運夫婦の紹介による顧客がいたからこそで、打ち水事件が天の救いであった。

昭和五年十一月には東京駅で浜口首相が右翼に狙撃された。不況と軍縮政策が反感を買ったためである。

昭和六年のデフレ不況の中で日本橋の高島屋がアメリカの10セント・ストアを真似て、全商品が十銭均一の十銭ストアを始めて、流行した。

九月には満州事変が勃発した。

四月に浜口内閣の後を受け発足した若槻《わかつき》内閣は、満州事変での軍部の台頭に対して、挙国一致を唱えて軍部を抑えようとしたが、結局失脚し、十二月に犬養毅《いぬかいつよし》内閣が発足した。

高橋是清《たかはしこれきよ》が蔵相として、金輸出再禁止を断行して、緊縮財政から積極財政に転換した。その結果、漸く長い不況を脱した。

一方、翌昭和七年一月に関東軍が満州を制圧し、三月には満洲国建国が宣言された。

しかし、犬養内閣は、関東軍が独断で建国した満州国を承認しなかった。

世界軍縮への参加、満州国の非承認などから軍部は強く反感を持ち、五・一五事件が勃発し、犬養は暗殺された。

そして、軍部・官僚からなる「挙国一致内閣」が誕生し、日本は、大きな戦争への道を進んでいった。


年が明けて、昭和八年一月七日に、千代は長男を出産した。

前の晩から産気づいたので、産婆を呼んだが、陣痛の間隔が長い。

産婆は「下腹が突き出しているような具合なので男の子だろう。まだ当分かかるから」といって帰っていった。

正三も千代も初めての事で勝手がわからない。

谷中の姑がやってきた。

「正三さん、まだのようだね。まあ明日だろう」

「ええ、産婆さんもそういっていました」

「大丈夫だから安心しとくれ。私の娘だから世話はないよ」

にこにこと笑いながら、奥の千代の寝間へ入った。

正三は、夜九時頃から、朝までぐっすりと眠った。

千代は、一晩中隣の部屋で大鼾《いびき》をかいていた正三に、いささか腹を立てていたが、夫婦喧嘩をしている暇はない。

陣痛の間隔は十五分程度になっていた。

ようやく起きた正三は、産婆に指示されていた通り、大きな鉄鍋に湯を沸かし、甕《かめ》に貯める。

六時頃、産婆が来た。

「今日は、十三夜だったかしら、いや宵月《よいづき》だったたね。日の出が七時前だから、そろそろかしら」

独り言をぶつぶつ言いながら、千代の腹をさすったり、体を拭いている。

正三は盥《たらい》と洗面器と湯を沸かした薬缶《やかん》を千代の寝床の側に運び、顔色を窺う。

「旦那さん、そろそろだから、向こうで待っていてください」

正三は仕事場に座り、桐の手焙《てあぶ》りの灰を、真鍮《しんちゅう》の火箸で突っついたり、朝刊を開き記事を目で追ったりして、時間をつぶす。

今度は棚の草履をとっかえひっかえ、入れ替える。

正三は黒とえんじの縞模様の長丹前《ながたんぜん》を羽織って、白み始めた外に出た。

池では尾長鴨《おながどり》や金黒羽白《きんぐろはじろ》などの鳥たちが眼をさましていて、鳴いている。

賑やかな声に、水音や飛び立つ羽音も交じる。

池畔へ行くと水仙が咲いている。

周りには芹《せり》が這うように生えている。

蓮《はす》と葭《よし》、真菰《まこも》などが寒々とした池に茂っている。

正三は、真冬にもかかわらず、草花の枝葉が盛んに重なり合っている様をみて、男の子の名前を思いついた。

朝日が昇ってきた。

店に戻ると間もなく、産声が聞こえた。

奥の襖が開き、姑が正三を呼び入れた。

「男の子だよ」

産婆が綿紗《めんさ》にくるみ、盥で全身を洗うと、普通の赤子より白い。

産毛が捩《よじ》れている。

確かに付くべきものは付いているが、どこか清楚な美形に見える。

まだ瞑《つむ》ったままだが切れ長で少し大きそうな目、鼻や耳も大きい。

口元は優しげである。

「千代、ありがとうよ、いい子が生まれたなぁ、大変だったな」

千代は、斟の件はもう忘れて、産婆が側に寝かせた赤子の顔を眺め、うれしそうに微笑み、谷中の母と目を合わせる。

姑も初孫である。

「初産は大変だけど、頑張ったね。良かったね。それにしても女の子のように優しそうで色白だね」

「お義母さんに似たんですかね？」

「あらやだ、年寄りをからかうもんじゃないよ。

名前はどうするんだい、名付け親を頼むのかい？」

正三は、母方の祖父が名付け親になる習慣であったことを思い出した。

「千代、お義父さんに頼もうか？」

「お父さんは、どうかねぇ、自分の子だって適当につけたらしいから。

私の時だって何も決めないで役所に届けに行って、天長節かなんかで「君が代」が流れてて、聞いてるうちに思いついて、それで『千代』なんだから」

「へぇ、初めて聞いたよ」

「千代、畏れ多いから、そんなこと言うんじゃないよ。

正三さんはいい名前を考えてあるんじゃないの？」

「池を眺めてたら、蓮やら葭やらたくさん茂っていて、我慢強くてしっかりしてる、で咲けばきれいだ。だもんで、『茂』ってのはどうかね？」

「あら、いいじゃない、ねぇ千代？」

千代は、嬉しそうにうなずいて、「茂」の髪を撫でた。

障子越しの弱い朝日が二人に当たっている。

「昨日の晩、七草を叩いて潰して持ってきたから、粥を炊こうかね。

産婆さん、乳の具合はどうですかね」

「まだあまり張ってないけど、お餅と卵、納豆、あとは黄緑の野菜をたくさん食べるようにしてね。

温めて揉んでみようかね。黄色いお乳はどうかね、でたかい？」

産婆は千代の乳を揉みながら、母乳の話をしている。

黄色を帯びた初乳には、新生児に重要な抗体が含まれ、感染を防ぐ。

授乳すると母親は落ち着き、育児に前向きになる。子宮復古が進み、出血を抑える。乳を作るのに脂肪が消費され、体形が戻る。カルシウム不足が解消され、骨が強くなる。婦人病も発症しにくい。

頻繁に授乳すると、月経の再開が遅れ、妊娠しにくい。母親の体力も回復し、次の妊娠の間隔が自然になる。

正三は硯《すずり》で墨を磨《す》って、半紙を出し、

「命名　茂」

と書いた。

半紙を壁に掲げようと立ち上がると、千代が「あっ、出た」と安心したように声を上げた。

産婆は、二人に山上憶良《やまのうえのおくら》の歌を聞かせた。

「銀《しろかね》も金《くがね》も玉も何せむに

まされる宝　子にしかめやも」

産婆は、子が金銀財宝より勝っている宝であることを忘れず、大切に愛し続けることが二人にとっても良い事だと、話した。

この年、昭和八年二月十四日に、国際連盟によるリットン報告書採択、「満州国」不承認可決を受け、日本は国際連盟を脱退した。

昭和九年八月にはドイツのアドルフ・ヒトラー首相が大統領を兼任し「総統」となりナチス・ヒトラーの独裁時代が始まった。

昭和十年には貴族院本会議で天皇機関説を説いた美濃部達吉《みのべたつきち》が東京地検に召喚されて取り調べをうけ、著作は発禁処分となった。

翌昭和十一年二月二十六日には陸軍内部の派閥対立、軍ファシズム運動を原因とする二・二六事件がおこり青年将校二十一人が下士官・兵士約千四百人を率いて、首相官邸、警視庁などを襲撃し、高橋是清蔵相らを殺害した。

このあと東条英機《とうじょうひでき》らが力を拡大し日本はファシズムへの道を突き進んでいった。

昭和十二年正月七日、茂は四歳になった。

七草粥だが、流石に粥だけでは可哀想なので、千代は正月の栗金団《くりきんとん》のあまりの薩摩芋で揚げ芋を作った。

短い鉛筆ぐらいの大きさに切った芋をゴマ油で揚げ、乾かないうちに砂糖をまぶす。

簡単だが子供にはご馳走である。

正三は下駄の台と竹で、竹馬を作ってやった。

二日もすればもう、それこそ下駄のように乗りこなし、上野の山にも竹馬で登っていく。

やんちゃ盛りだが、まだあまり反抗しないので、正三と千代はそれこそ玉のように茂を可愛がった。

赤子の時の印象はそのままで、清楚な美形で、どこか繊細で女性的ですらあった。

色白で広い額、二重の眼、高い鼻、笑うと口角が上がり、上品な表情になる。

しかし、性格は決して女性的ではなく、遊びも活発で、近所の餓鬼大将に引き連れられて遊びまわっていた。

親譲りで手先が器用なので、もう色々と玩具等を作る。

正三に教わり奴凧《やっこだこ》を作り、公園で揚げる。

焙り出しは正月の縁日で気に入ったらしい。

ターザンが雄叫《おたけ》びをあげている映画のポスターを模写し、ミカンの汁で描いた焙り出しは、とっておきの出来で、池の側の焚き火で焙り、遊び仲間を感嘆させた。

節分が来て、立春になったが、まだ寒い。

正三は今年三十三歳である。

兵役法による徴兵検査はもちろん二十歳の時に受け、乙種であった。合格した当時は、徴兵数が少なく甲種でも十人に一人程度しか徴兵されなかったが、昭和十二年には、全体の四分の一程度が狩り出されていた。

上野は第一師管の本郷連隊区が徴兵召集を行っており、召集令状も連隊区司令官名で発せられる。

上野界隈の男たちにも多数招集がかかるようになっていた。

「お前さん、駒泉の忠吉《ただきち》さんに赤紙が来たらしいよ」

「あぁ、聞いたよ、赤坂の第七部隊だってな。三月一日に入隊らしい。

忠吉さんの弟も、上海派遣軍に行ってるんだとさ」

「お前さんにも、来るんだろうか？　会社の社長とか商店主には来ないいって言うよね？」

「いや、それはちいと事情が変わったようだ。もうそんなことは言ってらんねえみたいだぜ」

「そうなの……」

忠吉は正三の二年先輩の手代である。

奉公の年数からいえば、もう番頭格なのだが、不器用で無口な性格が浅草の商売人としては向かず、出世できていない。

そのせいもあってか未だに独り者である。

年も三十四歳だから、これまでなら、赤紙など来ないが、戦況のせいで急に徴兵が増えた。

忠吉は正三が奉公に入った時から弟のように可愛がってくれたが、やがて正三が引き立てられ、暖簾分けを受けてからは、自然とお互い疎遠になった。

駒泉に寄った折に、店で顔を合わせても、よそよそしく頭を下げるだけで、言葉を交わさなかった。


千代は、二人目を身籠もっていた。

店には何とか固定客も付き、また軍や学校や役所へ、下駄・草履を大量に卸す口もできて、安定してきた。

駒泉から、暖簾分けして八年近く経ち、漸く恰好がついてきた。

秀助は相変わらず正三を可愛がり、大口の仕事も回してくれていた。

しかし、千代は戦争が拡大していくこの時代に、正三がもし出征したらと思うと、まるで高い吊り橋を歩いているような不安に襲われた。

やっと安定してきた生活も、茂も、そしてお腹の子もいっぺんに支えを失う。

旧正月が過ぎ、この冬一番の冷え込みになった寒い夕刻に、そろそろ店仕舞いをしようと表に出た正三は、池の方で何やら、騒がしい声が響くのに気が付いた。

誰か池に落ちたらしい。

咄嗟《とっさ》に見回したが、茂はいない。

嫌な予感がして、走って池の縁まで行くと、何人もが「竿《さお》はないか？」「ボートだ！」などと怒鳴っている。

指差している水面は、すでに暗がりが広がってよく見えないが、岸から張った氷が切れたあたりで、バシャバシャと鳥が水面を羽ばたいているような音がする。

鳥ではない、子供が溺れている。

正三は、立ち止まりもせず、駆けてきた勢いのまま池の氷に走りこむ。

二歩、三歩と進むと薄い氷は忽《たちま》ち割れて、正三は池に嵌まり込む。

しかし、冬枯れの池は水が少なく、膝を越える程度の浅さである。

もとより、水深を承知している正三は、溺れている子供にたどり着くと、見慣れた兵児帯《へこおび》を掴み、引っ張り上げた。

予感は的中した。

岸まで引きずっていくと、水を飲んだのだろう、むせてひどくせき込みながら、泣きじゃくっている。

寒さで震えているが、気も失っていないし、息もある。

周りで見ていたやじ馬たちは、口々に「よかったよかった」とか「氷が張ると危ない」などと、とんだ大立ち回りの結末を満更でもない様子で見守っている。

いったん岸で寝かせて、抱き上げて家まで連れ帰る。

正三は、周りを囲む暗い人ごみの中に、見覚えのある顔を見たような気がしたが、それは瞬く間に闇の中に埋もれていった。

家に戻り、着物を脱がせ、乾布で全身を拭いて、広小路表通りの開業医に往診してもらった。

池に張った氷の上に面白がって乗っているうちに、次第に沖に出て、割れたのだろう。

千代は動揺して、小言が止まらない。

「まったく、やんちゃだよぅ。

お父さんが行かなかったら、今頃池の底で土左衛門じゃないか。

馬鹿な子だよ、なんで、氷の上に乗ったりすんだよ、分かんないのかい、死んだらどうすんだよ、何やってんだよ、……」

正三は、近くの大黒湯に連れて行き、全身を洗って温めた。

湯から上がるころには落ち着いて、瓶《びん》の牛乳をねだった。

「氷が張った池は危ないと前に言ったよなぁ、忘れちまったのか?

何で調子に乗って沖まで行ったりしたんだ?」

「沖まで行ってないもん」

「え、だから、だんだん歩いてったら氷が割れちまうだろう」

「だから、行ってないのに」

「なんだって。じゃあどうしてあんな沖にいたんだ?」

「おじちゃんが、滑ってみなって、押したんだ」

「なに、おじちゃん?

沖まで押し出したのか?」

「やだって言ったけど」

「おじちゃんって、知ってるおじちゃんかい?」

「いつか、コマセンにいたおじちゃん」


正三は、先ほど池の縁で人ごみに紛れて、こちらを見ていた影を思い出した。

忠吉に似ている。

翌朝一番で、正三は駒泉に秀助を訪ねた。

秀助は、事の顚末《てんまつ》を一通り聞き、黙ってうなずいた。

「そうか、まあ思い当たる節があるにはある」

正三は、忠吉が茂を池に落とそうとしたこと自体が信じられず、ましてその理由は想像もつかなかった。

あえて、想像すれば出征を悲観して、自殺的な犯罪行為に走ったのか。しかし、何故茂を狙ったのか。

秀助は、その正三の疑問に曖昧な言い回しを装いながら答えた。

徴兵は甲種から順に、抽選で決めることになっている。

しかし、地元の商店主や会社の社長たちは、徴兵の対象者が実際はどのようにして決まるかを、うすうすは知っている。

詳しいことは話せないが、単なる年齢の順番や徴兵検査の結果などではない。

無作為に抽選で選ぶこともあるが、そればかりではない。

誰かが選ばなければ決まらないのだから、そこには必ず人の意志が入り込む。

だから、選考にあたって、意向を汲んでもらうこともできるのだ。

もちろんこれは表に出る話ではない。

国も、社会や産業や商売を支えている柱の人物を、無闇やたらに戦地に送り込むことは避けなければならない。

だから、ある程度までは、単に個人の徴兵忌避を許すことではなく、社会のためなのである。

だが、自分の店や会社の人間をすべて徴兵から逃れさせることも、今となっては難しくなっている。

甲種でも十人に一人位しかとられなかった以前とはだいぶ事情が変わっているから、出せと言われれば拒否などできないのだ。

しかし、まだ、どこへ配属するかはある程度はできるようだ。

激戦地へ行くか内地で事務の軍務職をやるかも何とかなる。

日頃から、その筋にちゃんと話を通しておけば、大事な時にはしっかりと確認があるから、この類の手当を手抜きしてはいけないのだ。

忠吉はもしかすると、こういったことを承知していたかもしれない。

秀助は、正三についてももちろん押さえてあると言った。

秀助はそこまで話して、最後に言った。

「昨日の事と、この話は忘れてくれ。

いいな、どんなことがあっても絶対に口に出してはいかんぞ。腹に入れたまま墓場まで持って行け」

正三は畳に額を付けるように座礼をして部屋を退出し、駒泉の裏口から出た。

言葉を濁した話だったが、秀助の話しっぷりから推し量ると、多分、忠吉は他の若い者や、同僚の中から自分が詰め腹を切らされたと思ったのだろう。

いや、正三の代わりだったのかもしれない。

事実かどうかは別として、忠吉がそう思って、茂を池に落としたのかもしれない。

そこまで、言い切るのを秀助は憚《はばか》ったのだろう。

忠吉も殺すつもりはなかったのだろう。

冬の池が浅いことは忠吉も知っている。

正三は、帰り道を急ぎながら、鳥肌が立っているのに気が付いた。

二月の冷気のせいではない。

一歩間違えば、自分に赤紙が来ていたかもしれない。

これから忠吉が勤める辛い兵役をやらなければならなかったかもしれない。

茂が溺れていたかもしれない。

いずれにしても、今の生活は自分ひとりの力で成り立っているのではなく、ちょっと風が吹けば消し飛んでしまうようなものだ。

息を切らしながら家に着くなり、茂に駒泉のおじさんのことは誰にも言ってはいけないと、きつく言い聞かせた。

茂は父の剣幕に泣き出しそうになりながら、うなずいた。

幼いながら、世の中には触れてはいけないことがあるのを承知したようだった。

この年昭和十二年の七月には、盧溝橋《ろこうきょう》事件から日中戦争が始まり、南京虐殺と呼ばれる悲劇も起こった。

日独伊防共協定も結ばれ、世界大戦につながっていく。

忠吉は赤坂の東部第七部隊に入り、上海に行った。

三年後に、遼寧省《りょうねいしょう》の飛行場で、機銃掃射にあい、戦死した。

茂は小学校に入った。

男の子らしさが次第に育まれ、性格も表れてきた。

優しげな風貌に反して、内面は激しい感情が渦巻いて、負けず嫌いで、自己主張を曲げないところがあった。

わがままではないが、普段はださない頑固さを時として垣間見せる。


茂は小学校で、つまらないことにこだわり同級生と争い、殴られたことがあった。

千代が事情を聞きだし、我慢できなかった茂に諭した。

「いいかい、『禍《わざわい》、常に蕭牆《しょうしょう》の中より起こる』といって、禍は外から来るものではなく自分の中から起こるんだよ。

だから、自分が正しいと思っても、そうじゃないと思う人に押し付けたり、突っ張っちゃあいけないよ。

無理やり人に何かしてくれとか、自分の思い通りにならないとふくれっ面したりするのは、我《わ》が儘《まま》といって、本当の男はそんなことはしないんだ。わかったかい」

半べそで黙ってうなずいた茂は、男らしいこととは何なのか、おぼろげに理解したようだった。

数日たった夕方、店の客が多く、千代は夕餉《ゆうげ》の支度に水が足りないことに気づき、奥の間を覗いて茂に井戸端に行き水を汲んでくるように頼んだ。

「しげちゃん、勝手口に置いてある柄付《えつき》の手水桶《ちょうずおけ》で井戸から二杯汲んで、甕に入れておくれ」

「えー、加代子《かよこ》とカルタしてるのに、今いいとこなんだ」

カルタといっても、まだ、幼い加代子はよくわからない。

茂は二人でやるふりをして、実際は、自分で読んで自分で取っているのだ。

たまに加代子に取らせてやる。

「茂！　手伝うんだよっ！」

言われて、茂は、

「ちぇっ、また水かよ」

と横を向いてふくれっ面をした。

「あーら、この子はもう忘れちまったのかね」

「うん？　何が？」

「禍はどっから来るんだっけ。

まったく総領《そうりょう》の甚六《じんろく》だよ」

母親に皮肉を言われ、漸く「我が儘」の諭しを思い出した。

「あっ」と口は開くが声は出さずに、カルタをまとめ小箱にしまう。

「加代、行こ」

といって、勝手口にそそくさと向かった。

千代は、二回運び終わったのを見計らって茂に声を掛けた。

「茂、いい子だね、お母ちゃんはほんとに助かるよ。よくできたね」

千代は我慢をほめた。


正三は、徴兵されないまま、昭和二十年を迎えた。

二月になり、空襲がひどくなった。

二月十六日には丸の内、四谷、神田、浅草などが被害を受け、正三は、上野も時間の問題だと考え、店の商品や資材、家財を運びだし、群馬の知り合いの履物屋に預けた。

看板も外した。

既に千代たちを疎開させ、わずかな荷物と店を守るように暮らしていた。

予想通り、二月二十五日の朝からＢ２９がやってきて、上野、広小路、御徒町、入谷、黒門町が焼夷弾を受けた。

前夜から降り積もった大雪にもかかわらず、店はあっという間に焼失した。

正三は、不忍池に避難していたが、爆撃機が去った後、店を焼きながら空に舞い上がる煙火を見つめた。

来るべきものが来たという諦めと、準備しておいてよかったという安堵の混じり合った思いだった。

焼け跡を片付けて、群馬の履物屋に行った。

まもなく三月十日になり、東京を焼き尽くす大空襲が来た。

一週間ほどして、上野駅に戻った正三は改札を出て、呆然と立ち尽くした。

公園の中の寺社や鉄筋の建物がわずかに残ってはいたが、文字通り見渡す限り一面の焼け野原だった。

焼死体も仮埋葬のような形で、至る所で葬られている。

移動もされず転がっている死体も多い。

正三は、燃えかすの廃材を集め、焼け落ちた店の敷地に小屋を建て、夜露をしのいだ。

そして、生き残った町内の他の店主たちと、材木を探し、協力してお互いの仮屋を築いていった。

十二歳になった茂は、千代と七歳の妹の加代子と共に、一月から正三の諏訪の実家に疎開していた。

都会育ちの茂にとって、諏訪は初めての自然の中の生活だった。

日本アルプスや八ヶ岳の朝焼け夕焼け、静かに広がる諏訪湖、豊穣な農産物、家畜、自然の獣、鳥、昆虫などに囲まれ、都会遊びでは得られない楽しみに溶け込んだ。

実家は正三の長兄が継ぎ、次兄も本家の隣に家を建て近くの工場に勤務していた。

従兄弟たちは、茂の遊び相手になった。

その中でも、次兄の長男の勝好《かつよし》は四歳上であったが、茂とすぐ仲良くなり、可愛がってくれた。

勝好の父は岡谷の蚕糸学校を卒業し、技術者として製糸工場に勤めていたのだが、戦争で疎開してきた精密機械の工場へ移った。

勝好も親譲りで機械いじりが好きで、ラジオを手作りして聞いていた。

茂は勝好の部屋に遊びに行き、ラジオ放送を聞いていたが、内容は大本営発表や戦時色の強いものが多く、もっぱら、勝好のラジオ作りの話に興味があった。

戦時下であっても、諏訪は静かな春を迎えた。

しかし勝好は、少し年上の先輩たちが何人も戦地に向かったことから、自分もいつ行くことになるのだろうかと考えていた。

勝好は、諏訪湖から東に広大な斜面が上がっている八ヶ岳を毎日眺めて育った。もういけなくなるかもしれないと考えて、幼い頃から何度か家族や、先輩に連れられ訪れた、残雪の残る八ヶ岳連峰の赤岳に登ることにした。

茂は登山の経験はなかったが、まるでちょっと散歩に行くような勝好の誘いに、喜んで応じた。

天気が安定し始めた五月中旬に、二人は中央本線の富士見駅まで列車で向かい、駅から赤岳鉱泉まで歩いた。

赤岳鉱泉は建って五年目の南八ヶ岳の山小屋である。

小屋まで十二キロ程度のなだらかな登りを、ゆっくりと歩いていく。

茂は次第に大きくなる峰々を眺めながら、勝好に問いかけた。

「八ヶ岳って、どの山？」

「八ヶ岳には南側だけで十一の峰があるけど、それをまとめて八ヶ岳と言うんだ。

右側が南で、手前の二つが編笠山《あみがさやま》と西岳、奥に見えるのが権現岳《ごんげんだけ》。

その左の一番高いのが赤岳、その左手前が阿弥陀岳《あみだだけ》。

奥が横岳、平たい横岳の隣が硫黄岳、その左側の一番手前に見えるのが峰ノ松目《みねのまつめ》。

そしてその左が少し低いだろ、あそこが夏沢峠。

ここまでが八ヶ岳で、峠より左は北八ヶ岳の部分になる」

「一番高いのが赤岳、平たいのが横岳、左手前が峰ノ夏目《みねのなつめ》、うーん、覚えきれないな」

「峰ノ夏目じゃないよ、松目」

「あれだけ名前が変わってるね。どういう意味?」

「うーん、昔はあそこから奥は、女人禁制だったらしくて、女はあそこの峰で横岳の奥の院に参拝する男を待っていた、だから待つ女でまつめ、というのは聞いたことあるけど、本当かどうかは知らん。

　赤岳、横岳、硫黄岳、西岳の四つは、なんでその名前かはすぐわかるけど。

それと赤岳と阿弥陀の間に中岳というのもある、ちょっと見えないけど。

どれをさして八つなのかもよくわからんらしい。そもそもただ沢山あるから八を使ったという説もある」

「赤岳の頂上は何メートル?」

「二千八百九十九」

「北にもたくさんあるの?」

「夏沢峠より先は、えーと箕冠《みかぶり》、根石《ねいし》、天狗、中山、丸山。

麦草峠《むぎくさとうげ》の先に、茶臼《ちゃうす》、縞枯《しまがれ》、北横《きたよこ》、大岳、双子、蓼科《たてしな》、そんなところかな」

「すごい、全部わかるの、よく覚えてるね」

「まあ、おととし、本家のあんちゃんと縦走したからな。稲子《いなご》とか、ニュウとか他にも色んな山があるよ」

「へぇー、山男だね」

本家のあんちゃんとはやはり従兄弟の勇《いさむ》の事である。

二十三歳になるが、昨年出征していた。

勝好は満更でもない様子で、八ヶ岳の伝説を話した。

「昔、富士山と赤岳がどちらが日本一か背比べをした。富士山と赤岳の間に筒をかけて水を流し、どっちに流れるかで決めた。赤岳が勝った。すると怒った富士山が筒で赤岳を叩いた。そしたら、赤岳が崩れて、八つの峰に分かれて低くなってしまった。一番北の蓼科山は赤岳の妹で、崩れた八ヶ岳を見て泣いて、その涙が川になり溜まったのが諏訪湖だ」


赤岳鉱泉に泊まり、翌日は中岳を経て赤岳の頂上へ向かった。

登山道は何日間かの晴天に恵まれ、残雪は少なかった。

途中まで阿弥陀岳を目指していき、やがて左に巻いて稜線に出ると、目の前に赤岳が迫ってくる。

すぐ中岳に着いた。

少しだけ下り、また登る。

茂は、勝好が岩場をまるで猿が登るようにひょいひょいと登っていくのに必死でついて行った。

長靴に毛の生えたようなお古の登山靴に、荒縄を巻いて滑り止めにした。

赤岳頂上直下の最後の急登を、なんとか攀《よ》じ登ると頂上にたどりついた。

茂は初めて登山をし、山とはこんなにも魅力があるものなのかと驚いた。

登山道にあふれる自然、たどり着いた満足感、山頂から見る美しい景色、どれも経験したことがなかった。

諏訪の盆地が広がっている。

眼下は茅野《ちの》で、その右前方に諏訪湖が見える。

その先は、北アルプスの穂高《ほたか》から連なる峰々である。

Mt.Amidadake からの眺め

左に目を移すと南アルプスの残雪の峰も並んでいる。

勝好は地図がなくとも山座同定《さんざどうてい》ができる。右から指差して名前を教える。

仙丈《せんじょう》、甲斐駒《かいこま》、北岳《きただけ》。地蔵《じぞう》、観音《かんのん》、薬師《やくし》の鳳凰《ほうおう》三山。そしてさらに左には富士山がある。

「やっぱり、富士山の方が高いね。崩されたんだ」

勝好は何も言わずもう一度北八ヶ岳から、ぐるりと見回している。

茂も今度は黙って、隣で同じように展望する。

「茂よぅ、こんなに天気がいいのは、初めてだよ、最初で最後かもなぁ」

「絶景ってやつだね。また……」

茂は、また来られるよと言いかけて、言葉を飲み込んだ。

勝好は、もうすぐ戦地に行くかもしれない。見納めかもしれない。

夏が来て、戦争が終わった。

茂の諏訪の生活は一年もたたずに終わり、少年時代の束の間の記

憶になった。

勝好は出征せずに済んだ。

九月に、上野に戻ると国民学校高等部が再開された。

茂は、冷静で博学な印象を与える少年になりつつあった。


茂は勝好の造ったラジオが忘れられず、自分でも造ろうと思った。

戦時中は物資不足でラジオの部品はとても手に入らなかったが、進駐軍が入り、次第に復興してくると、電器店にも真空管などが、ぽつぽつと出回った。

真空管はラジオに送られてきた電波を増幅して音で聞かせる装置である。

茂は真空管を用いたアンプやラジオの製作にあこがれていた。

同級生の中にも、ラジオ作りが好きな少年がいたが、茂は、神田周辺の露天のラジオ店に通いつめ、大人のラジオマニアや電器屋と親しくなった。

露店の店主は、陸軍の航空隊の無線兵だったのだが、出征前勤めていた電材店が空襲で焼失したので、神田須田町で真空管を中心としてラジオ関連の部品を売っていた。

四十歳前くらいの少し額の禿げ上がった店主は、黒縁眼鏡の丸いレンズ越しに茂をチラチラと見ながら、小声でぶつぶつと、しかしいささか得意げに講釈をたれる。

「真空管では、奇数次高調波歪み《きすうじこうちょうはゆが》を減らし、偶数倍の周波数の偶数次高調波歪みが増える。偶数次高調波歪みは楽器や自然界の音に多く含まれる周波数で、その音は人の耳に、自然に響く。奇数次高調波歪みは人の耳には不快な金属音に聞こえる。そのため『真空管アンプはよい音を出す』ということさ」

茂は狐につままれたような顔をして聞いている。

店主は、また茂の顔を見て、腕前を見極めたのか話を変える。

「真空管は強い振動や衝撃で、内部電極の位置が変わると性能が落ちる。だから精密なものは、特に注意が必要だ。通電中はなおさらに振動、衝撃に弱い」

茂は少しは簡単な話になり、何回かうなずいて、店主の手元を覗きこむ。

丸椅子に座り、七輪の熾火《おきび》で鏝《こて》を熱し、ハンダで何やらヒューズのようなものを繋いでいる。

店主は、作業が終わったらしく、手拭いで前掛けをはたき、ちりを飛ばしながら、

「あんちゃん、ラジオは初めてかい。

どうする。鉱石ラジオをやってみな。

ほら、このセットがあるから」

そういって、棚の隅にある初心者用らしき鉱石ラジオセットの小さな箱を指差した。

中腰になった店主は、左足の膝から下がなく、少し黄ばんだゲートルを巻いた義肢であった。珍しくはなかったが、間近で見たことはなかったので、茂は思わず息をのんだ。

気配を感じたのか、店主は、

「地雷で飛ばされちまってな、並んで歩いてた隣の野郎が踏みやがって。もっとも、そいつはそのままあの世まで飛んでったがな」

とこともなげに言った。

茂は言われるままに買い求め、家に戻り箱を開けた。

簡単な回路図らしきものと、エナメル線と、小さな受話器とただの木枠のような台。それに加えて、直径一センチ長さ五センチほどの円筒と、鉱石と、バネが入った検波器が入っていた。

なにか縁日の夜店で売っているまがい物のような貧相な印象もあり、これでラジオができるのかと、半ば訝《いぶか》りながらも持ち前の器用な手つきで、すぐに作り上げた。

アンテナとアースを繋ぎ、受話器を耳に差し込むと何か小さな音がする。

検波器のネジをゆっくり回すと、天気予報らしき放送が聞こえた。

自らの手で作ったラジオが空中に発射された放送の電波を受け、音声を発している。

茂は、有頂天になった。

夕飯もそこそこに終え、またネジを回すと、何か喋っている音が入った。

「うるせぇなぁ、次から次からああだからなぁ。叔父さんが呼んでるってぇから小遣いでもくれるのかと思ったら、こんなもの担がされちまって、うわぁ、暑い、なんなんだ、こりゃぁ（ジージージージー）でぇな、こりゃ目が回ってきちゃった。かぼちゃ売ってこい、（ジージージージージー）んともありゃしねぇや、かぼちゃなんてものぁ、食う」

正三がそばに寄ってきて受話器を耳に当て、

「こりゃ、『かぼちゃ屋』だな。

そうか、今日は落語放送だったたな」

そういって茶簞笥《ちゃだんす》の上に置いてあったラジオを付けた。音がきれいに入る。

「なんだよー。せっかく聞いてんのに」

「聞いてるって、何言ってんだ。

鉱石ラジオじゃ、ちゃんと聞こえねぇだろ。変な奴だな」

茂は小さく舌打ちして、二階に上がり、またネジを回したが、やはり途切れ途切れになる。

それでも夢中になって毎日聞いたが、一週間ほどしてまた神田須田町に行った。

義肢の店主は茂の事を覚えていた。

「よぉ、ラジオはこさえたかい、出来栄えどうだった？」

「うん、できたしちゃんと聞こえるよ」

「へぇ、そりゃ立派なもんだ」

店主は愛想を言った。

感度が十分ではないことは、先刻承知である。

茂はリンゴ箱の上の板に並べられた真空管を端から眺めている。

店主はどこからか「無線と実験」と表題のついた雑誌を取り出し茂に渡した。

「貸してやるよ。読んで勉強してみな」

それからは雑誌も読み、更に夢中になって真空管ラジオを作った。

出来上がったラジオの部品をとっかえひっかえして、性能を上げていった。


国民学校高等科二年を終えると、学制改革があり新制中学の三年生となった。

駒正は戦後の混乱のなかであったが、堅実な仕事のおかげで何とか商売を続けていた。

暮れも押し詰まったある晩、正三が茂に話しかけた。

「茂は、年が明ければ十五になるなぁ、そろそろ、下駄でも作ってみるか」

「え、うーん」

相変わらず、ラジオの雑誌を読みながら答えたが、内心は、親父が続けて何を言うのか、緊張している。

「昔でいえば、元服だ。父さんは十五の時はもう駒泉で、鼻緒をよじって、巻を切ってたよ」

千代が夕飯の片づけを終えて、座敷に戻り、縫い物を始めた。

「茂は、手先が器用でラジオなんかでもすぐ拵えるから、楽しみだよ」

「うーん」

「戦争も終わったし、これからは平和な時代だ。草履も売れるだろうしな。茂はいいものを作れると思うんだ。もちろん修業はしなきゃいけねぇけど。なぁ、千代」

「そうりゃそうだね、お前さんの息子だから、間違いはないさ。親に似ぬ子は鬼子というけど、ちゃんと私の腹から生まれてるから」

「まあ、玉磨かざれば器をなさずとも言うしな、元服したらやってみるか」

つまり、跡を継げと言いたいのである。

「父ちゃんも母ちゃんも、親の目はひいき目ともいうぜ」

茂は、中学校で行われた新制高校の説明を思い出していた。

年が明けて、十五歳になった。

松が取れ、鏡開きの日、茂は用事を言付かって、駒泉に行った。

秀助が、今はもう隠居しているのだが、店頭にいた。

茂は声を掛けられ、秀助に挨拶した。

「茂も、もう十五になったそうだな。早いもんだ、もう少しで駒正も二十年になるな。家へ来て、修業でもするか？」

「え、あー、はい」

「正三も千代さんも楽しみにしてるようだな」


茂は初めて自分の将来について考えた。

好きなラジオや、オーディオの事に夢中で、履物屋を継ぐことは、あまり深く考えていなかったが、卒業を前にして親は仕事をやらせたがっている。

しかし、頭ごなしに、跡取りになれとは言わない。

その晩、思い切って両親に言った。

「俺は、高校に行きたい。

これから日本は発展する。草履屋の仕事でも勉強していかなきゃだめだ」

茂は、学校の成績は良かった。

正三は迷った。


俺はまだ四十代半ばで、働き盛りだ。

あと三年たってから、茂を十年修業させてもまだ、六十前だ。

店の客もだいぶ戻ってきて、商いも回復している。

跡を継がせたい気持ちは強いが、茂の言うとおり、高校位は出してやりたい。

家族全員が戦争を耐えて元気なことは幸運だった。跡継ぎを亡くした店も多い。まだいいだろう。


茂は高校に進んだ。

上野公園の端にある名門校で、大学への進学率も高く、千葉や埼玉からの入学者も少なくない。

同級生には中学の新卒だけではなく、帰還した志願兵や、疎開や勤労動員で学校を中断していた者もおり、二十歳前後の同級生もいた。

茂は、自分でアンプ、レコードプレーヤー、スピーカーを作り、アメリカから、入ってきていたジャズのレコードを少しずつ集めた。

ニューオリンズで生まれたルイアームストロングが、従来のアドリブ演奏やアンサンブルを中心としたスタイルから、ソロプレイを確立させただけではなくスキャット・ヴォーカルを入れて、新時代を作っていた。

「サッチモ」という愛称は、「サッチェルマウス（がま口）」の略で、口が大きく、ユーモラスな顔つきをしていたからである。

茂は、彼の一九二八年に録音した「ルイ・アームストロングの肖像」のLPを、それこそ擦り切れるまで聞いた。

天才トランペット奏者と言われたが、ボーカルとしての彼独特のだみ声にも、親しみを覚えた。

サッチモの名盤に、「セント・ジェームス病院」という、重く悲しい黒人霊歌の印象が色濃いブルースがあった。

彼のトランペット演奏の後、本人が歌う。

茂は、戦死した出征兵士や、空襲で焼死した住民、傷ついて義肢を付けている傷痍軍人などを思い出した。茂の育ってきた十数年は、死が日常の時代だった。
どんな歌詞か、訳してみた。

「今日はあの娘の亡骸《なきがら》に
逢いにきたのさ
セント・ジェームス病院
ここは貧しい病院の
白く冷たいテーブルの上
あの娘の顔は青黒い
弱々しいが静かで美しい」

親よりも先に死んだ子に会いに、セント・ジェームス病院に行ったときの気持ちをうたったものであった。

ベニー・グッドマンは一九三〇年代に一世を風靡したスウィング・ジャズの最大のスターだった。

カーネギー・ホールでの一九三八年一月のコンサートの実況録音盤は、カーネギー・ホールでの初のジャズ・コンサートである。ベニー・グッドマンのＬＰには「アイガットリズム」や、「シングシングシング」など、スイングジャズのわくわくする曲がちりばめられ、アメリカの繁栄が日本にも輸入され、自由な活き活きとした世界が近い事を予感させる。

茂は、サッチモのブルースを味わい、グッドマンのスイングで元気になった。

「セント・ジェームス病院」の訳詩を高校の英語教師にみてもらったら、よくできていると褒められ、茂は英語が得意科目になっていった。

高校三年になった。

正三は三年前に高校は行け、と言ったが、高卒後は店を継がせるつもりであった。

だから何の迷いもなく、卒業したら駒泉に修業に行かせようと予定していた。

こういう話は、遅くなってはいけない。

秋風が吹き始める頃には、隠居している秀助に、奉公を頼みに行った。

しかし、意外な返事が返ってきた。

「正三よ、駒泉で面倒を見るのは一向に構わねえけど、茂は高校の方の出来も良いそうじゃないか、鳶《とんび》が鷹とは言わんが」

「大旦那、からかうのは勘弁してくださいよ、そんな。私みたいな小さな履物屋の倅《せがれ》ですから、所詮蛙の子は蛙ですよ」

「いやーそうでもないみたいだぜ。高校の国語の先生が、近所にいるんだが、先だってひょんなことから、駒正の話になって、茂のことをほめてたぜ。

何でも国文とか英語とかよくできるし、文章やら話もうまいと。

人が踏みつけるものを作らせんじゃ勿体《もったい》ねぇと。

これにはさすがの俺もちょっと血が上ったが……。

新制大学にも行けんじゃねえかとよ。

まあ、駒正も立派になったし、跡継ぎがいねえなんてこたぁ、困るけど、え、如何なんだい？」

「え、どうって言われても……」

「茂は大学に行きてぇとは言わねえんだな、
店を継ぐ気にはなってんのかい？」

「へぇ……」

「おいおい、上手の手から水がもれる、なんてこたぁないな。奉公を決めといて、土壇場でたたらを踏んだら、うちの倅は気がみじけいから」

倅とは駒泉の跡取りである英彦《ひでひこ》のことである。

正三は、顔から火がでそうになりながら、米つきバッタのように頭を下げ、ほうほうの体で駒泉から帰った。

ラジオやレコードに夢中になっているばかりだと思っていたのが迂闊《うかつ》だった。

まさか、教師にほめられるほど、出来が良いのか。

大学進学などまったく頭に浮かぶこともなく、ただ、店を継がせて、親子で働くことしか考えず、成長を楽しみにしてきた。

まさか、大学へ行って教師にでもなりたい等と考えているのだろうか。

茂は、英語と古文や漢文などの科目では確かに成績がよく、古典もよく読んだ。

駒正のすぐそばの寄席にも通い、講談や落語も聞いたので、いわゆる大衆芸能もよく知っていた。

人力車の講談師慶運は、既に師匠の東尾貞運《ひがしおていうん》という大名跡《だいみょうせき》を継いで、寄席にもよく出演していた。

茂が聞きに行くと、なにかと可愛がってくれる。

昭和二十四年頃には、シベリアの抑留から戻った落語家たちも出演し始めた。

さらに翌年にはすぐそばに講談専門の寄席も建った。

茂は落語と講談を聞いては、笑い、時には怒り、悲しみ、感心し、楽しんだ。

古典に親しみ、演芸を聞く中で、次第に茂の持って生まれた性分が現れてきた。

気持ちも安定してきて、多くの人や世の中の為になり、人から喜ばれることが大事だと考えるようになっていた。

なよなよしている訳ではなく、男性的でありながらも、母性を本能的に持ち合わせているような懐の深い、不思議な魅力が出てきた。


正三は、千代に駒泉での顛末を話した。

「確かに、国語、英語は好きみたいだけど、大学ねぇ……」

「後を継ぐ気はどうなんだ」

「面と向かって聞いちゃぁいないけど、継ぐ気だと思いますよ」

「ほんとかい。若いときはああでもないこうでもないと色々突拍子もない事を夢見たりするもんだ。わかりゃしねえ、困ったな」

「それとなく探りを入れてみましょうか」

千代は腰を浮かせて、今にも茂の部屋に行きそうである。

「いや、かえって寝た子を起こしちまうんじゃねえか」

「そんなこと言ったって、はっきりさせなきゃ、奉公もお願いできないでしょ」

「そりゃそうだが、ちょっと待てよ。そんなはずはねえ。まさか跡継ぎにならねえなんて」

「あたしがちゃんと言い聞かせるから」

「なに言ってんだ、安請け合いすんな」

声が次第に大きくなり、二階から茂が階段を下りる音が響いた。

便所に入ったようだ。でてくると、襖が開いて、茂が覗いた。

「なにかい、犬も食わねぇってやつかい」

いっぱしの落語家気取りである。

正三は顔をそむけ表情を隠した。

千代が答える。

「何でもないよ。それより満願堂《まんがんどう》の芋きんをもらったから食べるかい？」

「ごちになりやす」

「まったく、気楽なもんだね。出がらしだからお茶入れ変えておくれ」

「あいやー、合点承知《がってんしょうち》の助《すけ》。加代子ー、芋きんであるぞ」

二人の話をすべて立ち聞きしていた茂は、おちゃらけて動揺を隠していた。

襖の陰で聞いていて、形勢が危うくなってきたので、そっと階段を上がり、わざと足音を響かせて降りてきた。


高校進学を許してくれたとはいえ、大学までは親も予想はしていなかっただろう。茂自身でさえ、入学の時は、高卒後家を継ぐつもりでいたのだから。

しかし、同級生の半数ほどは大学に進学予定である。

就職をするものも多いが、茂の成績であれば十分進学できる。

旧帝大や新設大学に進み、役人や教員、医者や法律家、また技術者や高級サラリーマンにと考えているものが多い。

進学せず就職する者も、役所や会社勤めか、家業を継ぐ。

名の通った老舗や、景気のいい電気や機械の町工場や、運送業などこれから発展しそうな業種の跡取りが多い。

小さな商店の倅は茂くらいである。

担任の教師は茂に、大学へ行くなら教師か役人でもいいし、出版とか放送もこれからはいいだろうという。

もちろんやるなら、大学の法科か文学部に行くに越したことはない。

茂は、同級生が羨ましい。

何故、自分はこんな家に生まれたのだろうとも思う。

しかし、両親に家を継がず大学へ行き就職したい、とは言えなかった。

何日かして、東尾貞運が妻のさと子を連れ誂えに来た。

いつもどおりの挨拶のあと、さと子が、千代に、茂や加代子の消息を尋ねた。

千代が当たり障りのない答えをすると、さと子は正月用の草履をどうしようかと、正三に尋ねた。

が、正三は茂の事を思い出し、上の空であった。

「あら、旦那、具合でも悪いのかい？」

「え、あ、すみません、色は金、銀どちらにしましょうか？」

「え、寒紅梅《かんこうばい》はどうって言ったじゃない」

「主殿、どうかしたのか、珍しいことがあるな。煩《わずら》いの種は何だね、差し支えなきゃ、相談に乗ろう」

少し躊躇《ためら》ったが、思い切って座敷に上がってもらった。

正三が一部始終を話す間、千代はとっておきの玉露を振る舞った。

貞運は、一区切りしたところで、長嘆息《ちょうたんそく》をついた正三と少し俯いている千代に向かって、言った。

「お二人は、息子殿を何と思うているのかな?」

「はい、あっしらの宝だと思っています」

「そうか。

私は、伊勢湾の漁師の家に生まれ、二十二歳の時に、四代目に弟子入りした。

子供の時、熱田神宮の祭りに行って聞いた講談が忘れられず、自分で語ってみたくてなってな。

その聞いた講談の中でこんなくだりがあった。

昔、中国に一人の老人がいた。

ある日飼っていた馬が逃げてしまった。

人々は慰めたが、老人は『これがまたどんな幸いにならぬでもない』と平気であった。

すると二、三か月してその馬が駿馬《しゅんめ》を引き連れて戻ってきた。

人々がそれを喜ぶと、『これがとんだ災いとならぬものでもない』という。

しばらくすると老人の子が駿馬から落ちて足を折った。

人々が悔やみを言うと、『これが幸いにならんともかぎらぬ』と言った。

それから一年ほどして隣国と戦争になり、その国の若者は徴兵され、ほとんどが戦死したが、老人の子は足が悪いせいで、徴兵を免れた。

この話は、「人間万事塞翁が馬《にんげんばんじさいおううま》」といってな、人の世は禍福の定めなどない、災いが福に、福は禍になるものだという教えだ。

私は感服して、それからくよくよと悩まず、その時々に自分の思うとおりに生きていくことにした。

よいか、主殿、茂が跡を継がぬと決まった訳ではなかろう。

大学へ行くことが、今はまるで仇《かたき》の様に思えても、福をもたらすかもしれぬ。

人生には人それぞれの生き方がある。

大事なことは自分の生き方をしっかり決めて生きる力があるかどうかだ。

宝と思う子であれば、自分の意志を貫いて生きていく人間になることこそ一番だ、と思うてやることが肝心ではないかな。

茂は進学をしたいのか。

大学へ進みどうするのか。

茂がそれを明らかに心に問うて、貫いて生きることが、大切ではないか」

「はぁ……」

「そう、落胆するものでもない。主殿はお幾つじゃ？」

「四十六です」

「うむ、店を守れ、しからば店が汝を守る。

待てば海路の日和ありともいう。

よいか、明鏡《めいきょう》止水《しすい》の心持ちで仕事に励めば、茂のためにも良い」

正三は、まるで引導を渡されたようで、言い返せなかった。

「人間万事塞翁が馬……」と胸の中で呟いた。

一代で店が終わったとしてもそれは天の定めかもしれない。

茂がちゃんと跡を継げるかどうかも分からない。親の欲目ということもある。

そのまま、年が押し詰まって師走になり、茂は、ついに、正三に大学進学を願い出た。

「おとっつぁん、一生のお願いだ。大学へ行かしてください」

正座して、頭を畳に着けている。

倅に最敬礼されて、正三は、思わず胸が詰まった。

「ついこないだまで、鼻たれ小僧だったのが、学士様とは……、歳月人を待たずというがなあ」

「お前さん、いいんだね」

千代が念を押した。

「諏訪の兄弟で、大学へ行く子は初めてだ。まあ、しっかりやんな」

やせ我慢である。

結局、卒業したらどうするのか、店を継ぐのかどうかは、問いただせないままだった。

正三は駒泉の秀助に詫びて、報告した。

「跡を継ぐかどうかは別として、大学に行かせるということたぁ、大したもんだ。末は博士か大臣か、それとも履物屋の亭主か、まぁみみっちいことは言わねえで、好きにさせてやんな。

捨てる神あれば拾う神ありとも言うじゃないか」

茂は新制の私立大学の文学部に進んだ。

新制大学の特色は、一般教育を重視して、人文・社会・自然の諸科学にわたり豊かな教養と広い識見を備えた人材を養成することを眼目としていた。

また、学問的研究とともに専門的、職業的訓練を重視して、両者を一体化しようとしている。

旧来は、教員になるためには師範学校に行くことが必要だったが、教員免許法によって、他学の学生であっても、必要とする単位を修得すれば教員となることができる開放的制度になった。


文学部は、国文とか英文の科別がなく、広く自由に学ぶことができた。


茂は、大学のクラブで、武道をやりたかったのだが、ＧＨＱの禁止令が出ていた。

マッカーサーは「上からの革命」と称して、アメリカにとって脅威となる日本の軍事力を解体する施策を打ち出していた。

目的は、日本を中立・非武装化し、親米国家に作りかえることにあった。

さらに日本を工業国から農業小国に転換させ、アメリカの市場とすることも視野にあった。

「日本を農業と軽工業の国にする」というアメリカの発表に、将来に不安を感じた日本人も多かった。

ＧＨＱは、日本の武道を統括していた大日本武徳会を解散させ、関係者を公職追放し、武道を禁止した。

刀狩りすら行われ、数多くの日本刀が没収、廃棄された。

さらに、時代劇映画が禁止され、嵐寛寿郎《あらしかんじゅうろう》や片岡千恵蔵《かたおかちえぞう》ら時代劇俳優が仕事を失った。

武道ができないこともあり、茂は、放送研究会に入った。

ラジオやオーディオに精通して、ジャズにも熱中していたことから、漠然とではあるが、放送業界への進路も志向にはあった。

一方で、文学部では、日本の古典を中心に勉強するつもりだった。

源氏物語、徒然草、方丈記、平家物語など主だった物語や随筆と、古今和歌集から新続古今和歌集までの二十一代勅撰集や、万葉集等が対象である。

入学して、「日本古典概論」という科目をとったが、最初の講義で、石塚という教授は、百人一首の一編を紹介した。

「諸君は、入学前に東京の桜を愛でただろうか。

平安時代末期から鎌倉時代初期にかけて活躍した公家・藤原定家《ふじわらのていか》が選んだ小倉百人一首は、私撰和歌集である。

鎌倉幕府の御家人の宇都宮頼綱《うつのみやよりつな》は、京都嵯峨野の別荘・小倉山荘の襖に装飾とするために、定家に色紙の作成を依頼した。

定家は、飛鳥時代の天智《てんち》天皇から鎌倉時代の順徳院《じゅんとくいん》まで、百人の歌人の優れた和歌を一首ずつ選び、年代順に色紙にしたためた。

後の時代に、定家が小倉山で編纂したということから、「小倉百人一首」と呼ばれるようになった。

花を詠んだ歌がいくつかある。

『ひさかたの　光のどけき　春の日に
しづ心なく　花のちるらむ』

これは三十三番の紀友則《きのとものり》の作である。

大変有名なので、ご承知と思うが、簡単に解説してみよう。

ゆったりとした暖かい春が漸く巡ってきた。

なのに、花はどうして散り急ぐのだろう。

特に色恋などが読まれているわけではない自然を描写した歌である。

しかし、この歌を味わえば、自然と人間のかかわりや、人々の移りゆく心、恋愛における儚《はかな》さ、人生の無常等を感じる。

自然を素直に読んでいる詠み人の精神性が滲み出ているから、心を打つ。

構成としては前半の遅々とした春日と、後半のあっけなく散る桜を対照させることで、上下のどちらの句も、際立たせている。

しかし、技巧に走ってはいない。

流れるような歌に相当な才能を感じる。

さらに作者、紀友則の人生をこの歌に重ね合わせてみると一層深い印象を受ける。

いや、むしろ定家は、それを踏まえて選んだと私は思っている。

古今和歌集の撰者として、完成を待たずに没した紀友則を、本人自身の詠んだ歌の花になぞらえる、というメタファを定家はきっと、内心得意げに仕込んだのであろう。

友則の死は夭折《ようせつ》ではないが、従兄弟で同じく古今集の撰者であった紀貫之《きのつらゆき》が嘆いた句
『明日知らぬ　我が身と思へど　暮れぬ間の
　けふは人こそ　悲しかりけれ』

を待つまでもなく、友則はようやく勅撰和歌集の撰者を賜ったのに無念であったと考えられる。

古典和歌において花と言えば、梅という人もいるが、私は桜と思っている。

諸君はカルタに馴染んだこともあるだろう。

『花、桜』が詠まれているのは、何首かな?」

茂は加代子と何回となくカルタはやったので手を挙げた。

「六首だと思います」

「その通り。

紀貫之の三十五番、

『人はいさ　心も知らず　ふるさとは
　花ぞ昔の　香ににほひける』

これは梅だが、これ以外は桜である。

それぞれの歌が花をどのように詠んでいるかを知ると、読み手の心、そして人生、更に時代背景と広がっていき、歴史を知ることになり、日本そのものがわかってくる」


講義が終わり、一緒に聴いていた放送研究会の同期生と、部室に行った。

黒沢則夫《くろさわのりお》という彼は東北の出身である。

新人歓迎会で親しくなった大学での最初の友人だ。

「吉村君は百人一首に詳しね。よぐ知ってるべ。桜の歌が何首なんて考えたこともながった。だども、東京では桜が咲くと、赤飯でもたぐのがい?」

「赤飯？　花見にはあまり聞いたこたぁねぇなあ。なんで？」

「なんでて、東京の桜がめでてぇと言ってだが……」

「え、あれは、愛でる、ほらこの字、美しさを味わい感動する、みたいな意味かな、確かにめでたいと言えばめでたいね」

「そっか。それからメタハってなんだべ？」

「メタファ……。うーん、あの先生が言ったのは、桜が早く散るという歌を紀友則が古今集ができる前に死んだことに、なぞらえてるということだと思う。

まるで何とかのようだと直接書くより、説明しないで何となく気が付くように例えてある。読者がそれに気が付くと、何か深く洞察したような気分になるし、印象が鮮明になる。だから洒落ている。

だけど、下手をすると見当外れになるかもしれないな」

「んだがし。よぐ知ってるなぁ。吉村君は上野の高校だったべな。東京の人はちがうなぁ」

「そんなこたぁないよ。聞きかじりさ。

ところで、黒沢君はなんで文学部を選んだの？」

「おらはね、いや、僕は、アナウンサーになりたいんだ。

何といってもこれからは花形の仕事だがらな。

だで、放送研究会にも入ったんだ。

それに、じぎに民間放送も始まるしな」

「そうか、いいなぁ、アナウンサーか」

「女子にももてっぺ。東京の女子はめんこいな。

そだ、だれか、あねさま、紹介してくなんしょ、吉村君」

「え、うーん。こちとら、まだそっちは駆け出しでね」

「賭け?」

「日光の手前だよ」

「なんだ?」

「今市、まだ、いまひとつだよ。」

「そだ、女子短大があんだべ。なんかできねべか?」

「コンパかい? 合ハイとか?」

「そーだ、そだ。コンパ、やるべ、やるべ。

よし、どうすっぺ。

コンパやって、ハイキングも行くべ。山歩きは慣れてっから」

「短大には放送研究会はないのかな?

先輩に聞いてみるか」

「ほんじゃ、聞いてみるべ」


黒沢は、黒々とした髪を短く左から七三に分け、ホームベースのような顔立ちである。額が広く、耳も大きく張り出している。

眉も濃い、一重だがやや出目である。

唇は口角が上がり、大きめの口で、笑うと相手も思わず楽しくなる印象だ。

上京してきたこともあり、いろいろなものに興味を持っている。

心が広そうで、やや派手好みだ。


「ところで、吉村君はなんで文学部を選んだ?」

「文学系が好きで、高校の先生に勧められ、教師か、出版とか放送とかやってみたい」

「家は履物屋さんって言ったべ?

あんちゃんがいるんか?」

「いや、妹が一人」

「なんだ一人息子だべ。

跡、つがねの?

勿体ねぇべ、上野の履物屋さんなら、名門だべさ」

「うちはそんな構えじゃないから」

「そっか、吉村君は何でも知ってるし頭いいからな。

男前だしな、役者みてえだべ」

「黒沢君は英語得意なんだろ、アナウンサーで英語ができたら、鬼に金棒じゃないか」

「まぁ、お互い頑張るべ。とにかく、標準語覚えねば。方言じゃアナウンサーはできねだろう。だども、早く先輩こねかな」

黒沢が進めたコンパは、放送研究会の新人顔合わせも兼ねたことから盛況で、双方合わせ二十五人の参加を得た。

女子短大側は二年生も含め十名、茂たちは三年生以下で十五名が出た。

大学の学生会館で開かれたコンパでは、順に自己紹介をした。

茂は、趣味についてオーディオ・ラジオ製作といったが、興味を示す女子はいなかった。

黒沢は幹事役を勤め、アナウンサー志望と宣言し、東北弁と標準語を織り交ぜて、面白く話した。

特に民間のラジオ局が開局になるという話には、ほとんどの女子が目を輝かせて聞き入り、更に黒沢はどうすれば入社できるか、みんなで研究しようと提案した。

茂は、黒沢の抜け目のない話しっぷりに、いささか嫌気を感じたが、一方で、もうアナウンサーになると決めている黒沢の勢いを羨ましく思った。

女子の自己紹介は、当たり障りのない挨拶が多かったが、女子側の幹事である村越敏子《むらこしとしこ》が、印象に残った。オカッパ頭で、くりっとした眼だ。

「アメリカや欧州の文化がどんどん入ってくる日本では、これから放送が大切な役割を果たす。だから、普通のBGではなく放送業界で男性に負けない仕事をしたい」

黒沢が茂に尋ねた。

「ビージーって何だ?」

「ビジネスガール、女性会社員のことさ」

向かいに座っている北原淳子《きたはらじゅんこ》が二人のやり取りを聞き、話しかけた。

肩より長い髪を三つ編みにしている。

「村越さんは、これからの日本女性よ。有能で、しかも、一途なところもある。男に負けないとは言ったけど、男性を立てる人よ。最高でしょ」

「村越さんは、男より仕事じゃないのかな」

「そうだな、わしもそう思うべ」

「どちらかを選ぶなんて、これからの女性は違うわ」

「はぁ……。北原さん、趣味は？」

「ええ、洋画ね。『若草物語』とか。『ハムレット』のローレンス・オリビエのファンよ。『嵐が丘』もよかったわ。『わが谷は緑なりき』は涙が止まらなかった」

「『ターザン』は全部見たべ」

「『哀愁』は見たかい？」

「見たけど、辛すぎていや。『自転車泥棒』は感心したわ」

「今、『レベッカ』やってるね、ヒッチコックの。見た？」

「まだなの、見に行くつもりよ」

「あー、映画いいべ、一緒に行きましょか」

「ええ、みんなで行きましょう」

「そっだ、ハイキングも、どかな？　新緑がきれいだし」

幹事役の黒沢は、思いついて、みんなに合ハイの提案をした。

女子短大の放送研究会メンバーは、いわゆる文化系が多く、あまり気乗りしない表情の子も多かったが、村越が反応してくれた。

「いいわね、黒沢君は良くいくの？」

「任してください。山歩きは得意だ」

「じゃぁ、企画してよ」

「いいよー。あんこもづとちょうずんもづはさぢ。だっぺ？」

東北弁の言葉の意味は、誰もよくわからないが、みんなの笑いを誘った。

黒沢の企画した合ハイは結局、男子は五人が参加し、女子は、村越と北原にあと二人が加わり、合計九名になった。

四月の末に、東海道線の湯河原の幕山《まくやま》に向かった。

駅から三十分ほど歩いた登山口のあたりでは、梅はもちろん、桜もとうに散って、躑躅《つつじ》と石楠《しゃくな》花《げ》が咲いていていた。

同じ躑躅属だから、姉妹のようなものだ。

他にもサツキやシロヤシオ等の躑躅属もあるがここには咲いていていない。

躑躅は「恋の喜び」「初恋」などの花言葉を持っている。

晩春を飾る美しい花は、とりわけ新緑の濃い山中では心が和む。

茂は、万葉集の躑躅の歌を思い出した。

「をみなへし　佐紀野《さきの》に生《お》ふる　白つつじ
　知らぬこともて　言われしわが背」

詠み人知らずのこの歌は、身に覚えもないのに噂をたてられてしまった相手を、女性が気遣っているのだが、内心はやはり、あなたが愛しいという意味だという。

茂は勝手に解釈してみた。

おみなえしは女郎花と書き、美女すら圧倒するほど美しい花と言われている。

それが咲いている野原に、知らずに咲いた躑躅を、自分になぞらえ、本当は好きで恋仲になりたいのだけど、女郎花には勝ることができない。

噂だけにとどまっていることを残念がっている片思いの歌かな。

当てもなく考えながら、最後をついていく。

柱状節理《ちゅうじょうせつり》の岩壁が三―四列並んでいるのを左手に見て登っていくと、やがて九十九折《つづらお》れをゆっくりと繰り返す。

小さくて丸い蜂が何匹か、先導するように目の前をゆっくり飛んでいる。十歩位進むと、別の蜂と交替する。

村越と北原は、ヒッチコックの映画の話に夢中で、次第に広がってくる眺望には気が付かない。

一時間余りで、山頂に着き、先頭を行く黒沢が何か歓声を上げげた。

真鶴《まなづる》半島が相模湾に突きだし、その右手には熱海の港や天城《あまぎ》の山が見える。

左手には、小田原、平塚に海岸線が弓なりに伸びている。

海上には、伊豆大島や利島《としま》、新島が、明るい日差しで輝くさざ波に浮かんでいる。

女子が持ってきてくれた、握り飯をみんなで食べて、水筒に入れた焙《ほう》じ茶を飲む。

帰りは、湯河原の温泉に入り、疲れをほぐした。

黒沢の企画は、女子に大好評であった。

帰路の列車内では、また行きたい、次はどこがいい？　と盛り上がった。

茂も、大学生活の楽しさがわかったような気がした。

特に好きになった娘がいるわけではないが、同年代の仲間で、煩わされることなく時を過ごす楽しさを感じた。

大学に通い、休みには何やら仲間と遊びに行ったり、友達を家に連れて来たりする茂の生活を、正三は黙ってやり過ごしていた。

師匠が言ったそれこそ講談のような、故事金言《こじきんげん》の理屈を甘受したことに、我ながらまだ腑に落ちず、のどに刺さった小骨のようで、気が付くと軽い悔恨で吐息をついている。

確かに、師匠の言うことの筋は通っている。

しかし千代とともに身を粉にして働き身代を築いても、一人息子が跡を継がないというのは遣《や》る瀬無《せな》い。

加代子に婿をとるのか。

落ちつかぬ毎日を過ごし、初夏が来て、開店記念日の五月六日を迎えた。

馴染み客には挨拶の書状を送り、記念割引も企画した。

得意客が切りなく来店し、取引先も祝に来て賑わった。

しかし、正三は仕事が途切れると、相変わらず気懸かりで気もそぞろになる。

見かねて、千代が珍しく静かだが粛然と言葉を投げた。

「腹をくくって、店を守るんじゃなかったのかい、ため息ばっかりついてると、寿命のロウソクを吹き消しちまうよ」

「それじゃ、死神のサゲじゃねえか。落語やってんじゃねえよ」

「いい年して、見っともないよ」

正三は、フンといってソッポを向いたが、内心ひどくこたえた。

千代の言うとおりである。

「水を一杯くれ」

湯呑に水を注ぎに行った千代には聞こえないように、小声で呟く。

「てやんでえ、べらぼうめ」

流石《さすが》に、腹はくくった振りだけでもしようと思った。

湯河原行が成功した黒沢は気をよくして、尾瀬を企画した。
二年前に「ラジオ歌謡」で「夏の思い出」という歌が放送され大ヒットしたので、曲中の尾瀬の人気が飛躍的に高まっていた。
「夏が来れば　思い出す
はるかな尾瀬　遠い空
霧の中に　うかびくる
やさしい影　野の小径

水芭蕉の花が　咲いている
夢みて咲いている　水のほとり
石楠花色に　たそがれる
はるかな尾瀬遠い空」

水芭蕉が尾瀬で咲き始めるのは、実際には夏ではなく五月末ごろからで、黒沢は故郷では四月後半に咲くことを知っていた。

男子は一年生が四人集まったが、女子は村越敏子と北原淳子以外は、何やかやと都合が悪かった。

村越は親友の広瀬美和子《ひろせみわこ》を誘った。

広瀬美和子は村越と高校の同級生であったが、短大には進まず、卒業して家業の刃物製造店を手伝っていた。

店は合羽橋《かっぱばし》で、上野と浅草に近い。

この付近は大正の頃から道具、食器、厨房設備、陶漆器などの問屋や小売、製造卸等の店が多い。

三人姉妹の長女で、理性的な美形である。

肌は瑞々しく、キレ長の二重の目は、研ぎ澄まされた美しさがある。

卵型でややしもぶくれである。

髪は黒く富士額《ふじびたい》で日本髪が似合いそうだ。

洞察力があり、相手を尊重する。

長女で包容力があり、大抵の人に好かれるが、本人は好き嫌いがかなりあるという。

稀に強い意志が表に出る。

そんな時は江戸の女として、気風《きっぷ》がよく、大胆である。


六月上旬、上越線沼田《ぬまた》駅から戸倉《とくら》までバスで行き、鳩待峠《はとまちとうげ》を経て、尾瀬ヶ原の山鼻《やまはな》小屋へ向かった。

峠から、尾瀬ヶ原に下っていく木々の間から、左手に至仏山が見える。

残り少ない雪の模様が美しい。

道沿いの日陰にもわずかに雪がある。

川上川が現れると、傾斜は終わり平坦な木立の中を進む。

小さな橋を渡ると、林の中に湿原が点在する。

明るい緑の大きな葉が群生している。

このあたりでは花が終わった水芭蕉である。

わずかに白い石楠花色の花も残っている。

先を行く黒沢がわずかに咲き残った花を見つけ、女子たちに指し示す。

「ほら、あれが水芭蕉だ」

「うわー、白くてきれいな花」

女子たちは競うように歓声をあげた。

「白いのは花じゃなく葉っぱだっぺ。花は中心の黄色いとこさ。それを包んでいた葉が白くなるのさ。ドクダミも白い花に見えっけど、おんなじだ」

北原淳子が感嘆している。

「へーぇ、まるで白いドレスをまとっているようね」

川上川を渡渉《としょう》すると山ノ鼻に着き、尾瀬ヶ原が広がっている。

湿原には、まだ水芭蕉が沢山群生して咲き、白樺の並木を圧倒している。

左手には至仏山が全容を見せている。

右手側の山裾に向かって湿原が伸びているが、その先は雲に隠れている。

流れる曇の合間から陽が射して、尾瀬ヶ原をまだらに光らせる。

宿をとった山鼻小屋で早めの夕食をとると、小屋の前で焚き火が熾《おこ》され、泊まり客が周りに座り、談笑し歌を歌う。

「夏の思い出」が何度となく繰り返され、「アザミの歌」「青い山脈」「トロイカ」等が続く。

茂と黒沢は、村越と広瀬の横に座り、手拍子をしたり、燠を突いたりしながら、一緒に歌う。

「カチューシャ」が終わると、小屋の主人が冷え込んできたのでと客を促し、小屋の中の片づけが終わった食堂に移り、ストーブを囲む。

簡単な自己紹介しかしていなかった広瀬美和子に黒沢は住まいや仕事のことを質問する。

「合羽橋の刃物屋の娘で店を手伝っている」

と聞いて、茂は親しみを感じ
「上野の履物屋の倅」

と自己紹介する。

「あら、駒泉じゃなくて駒正？　駒泉なら知ってるけど」

「家の親父は駒泉から独立したんだよ。取引があるの？」

「仕事はないと思うけど、お母さんが時々草履を買っているわ」

抜かりない黒沢が勧める。

「広瀬さん、今度は吉村君の店の草履をお母さんとどうですか？」

「はい。お店の場所は？」

茂は、講談寄席の裏手の説明をした。

傍で聞いていた村越敏子が加わる。

「でも、草履屋さんの息子さんが大学の文学部って、吉村君、優秀なのね」

広瀬美和子は、首に巻いていた黄色い襟巻きを外し、膝にかける。

「明日は天気はどうだっぺ」

小屋の主人が、星が輝き始めた空を窓越しに見ながら、弱い南風だからと晴天を予想する。

「朝食は五時半です」

案内を潮時に、部屋に戻り休んだ。


四時過ぎに明るくなった窓越しに鳥の声が響き、茂は目覚めた。

顔を洗って外に出ると、湿原には朝霧が深

尾瀬ヶ原朝霧風景

く立ち込めている。

水芭蕉の白が霧に溶け込み、白樺やナナカマドの木々が浮かんでいる。

景色に見とれていると白いヴェールが隠している木道から、誰かが歩いてくる。

次第に姿が現れてくるが、顔立ちは見とれない。

漸く近づいてきたのは広瀬美和子であった。

「おはようございます」

「おはようございます。早起きだね」

「何だか楽しくて、眼がさめちゃったの」

「まだ、夢の中のようだよ」

「本当、こんな世界があるのね」

焚き火跡の側に転がっている薪に、並んで腰かけ、二人は、少しずつ池塘《ちとう》の幕を開いていく朝霧を眺めている。

「あの……」

茂が何か言おうとしたとき、美和子も同時に口を開いて、二人の声が重なった。

「あぁ、何?」

「いえ、どうぞ、何ですか?」

「うん、ハイキングは好きですか?」

「遠足に行ったことがあるくらい。吉村さんは?」

「僕も、小学校の時、筑波山《つくばさん》に行った位だよ」

「あら、おんなじ」

美和子が微笑んだ。

朝日が晴れてきて、水芭蕉の湿原が広がりながら輝き始める。

「ケーブルカーで登った?」

「そうよ。台東区だから、同じ所へ行くのかしら。」

「うん、千住《せんじゅ》の先だ」

「え、筑波山が?」

「草加、そうか、」

「えー?」

「おっと、もやっちゃいました」

「なに、何だかよくわからない」

「話が白けちゃいました」

「えー、面白い人」

言葉とは裏腹に、少しつまらなそうに言った美和子の口調に、茂はどぎまぎしかけ、あわてて、話題を変えた。

「水芭蕉の花言葉、知ってる?」

「知らない、知ってるの?」

「『美しい思い出』『変わらぬ美しさ』」

「ふーん、……」

美和子が何か言いかけたが、後ろから誰かの声がした。

「おーい、朝飯だよ。」

黒沢が近づき、二人の顔を覗き込む。

「吉村君、何してた?」

言いながら、茂の背中をつつく。

美和子は気が付かないふりをして、

「あー、お腹すいた」

と言って、スタスタと小屋へ歩きはじめる。

黒沢は顔を傾け、流し目で茂に小声で尋ねる。

「どうだ、あんべぇいいか?」

「何言ってんだよ。出てきたら、ばったり会っただけだよ」

「ん、だべ、だべ、わがった、わがった」

「カメラはどうした?」

「うん、あとで撮るべ。二人でとってやっか?」

「さ、飯だ、行こう」

食事を終え支度すると、朝霧はほとんど晴れて、わずかな塊が至仏山の山の端めがけて、残雪の中を登っている。

反対側には昨日は見えなかった山頂が輝いている。

「あの高い山は?」

北原淳子が見つけて尋ねる。

黒沢が答える。

「燧ヶ岳さ、東北で一番高い山だ。」

尾瀬ヶ原湿原と燧ヶ岳

「ここは、群馬県じゃないの？」

「いーや、ここは福島県だ。高さは二千三百五十六メートル。こっから北では、あれ以上高い山はねぇ。こっちの至仏山は群馬県で、えーと二千二百二十八メートルだな」

「湿原をはさんで向かい合ってるのね。燧ヶ岳、男性的な名前。至仏山はなんか優しい女性的な名前、観音様みたいで。

黒沢君、二人の仲はいいの？」

「仲って、うーん、どうだべ……。七夕の星みたいなもんかね」

「違うわよ、いつも会えるんだから」

「そっか。

さぁ、ちょっと原を歩きますか。そのあと景色がいいから、至仏山に登ってみっか」

荷物を小屋に預け、尾瀬ヶ原を散策する。

しばらく歩くと、水芭蕉と競うように黄金色の花が伸びあがった茎の上に咲いている。

かなりの群落で、もうすっかり眩しくなった太陽に負けない輝きようだ。

「金鳳花《きんぽうげ》かしら？　ねぇ」

「北原さん、詳しいね、よく似てっけんど、リュウキンカでないべか」

「黒沢君こそ」

昨日、小屋に着いて、尾瀬の案内のチラシで予習していた黒沢は、また点数を稼いだ。

「あっ、竜胆《りんどう》だ」

「うんだ。これは、正解だな」

一回りして、小屋に戻り、至仏山へ登り始める。

尾瀬ヶ原の西南端から登山道が始まる。

見上げると途中までは森林で、上方は森林限界となり山肌が確認できる。

朝日の差し込んでいる林の中は、人の頭か、石臼位の大きさの岩が階段のように連なっている。

岩の隙間を雪解け水が流れ、所々小川の様で、窪みは小さな池になっている。

踏み場所を選びながら登る。

少しくねってはいるが、ほぼ真っ直ぐ登っていく道なので、一歩ずつ膝をあげる。

昨夜の星がどうしたとか、朝食がどうだったとか、最初はおしゃべりしていたが、五分もたつと、会話は途切れ、足音と流れる水音のなかで、鳥の囀《さえず》りが響く。

しばらくすると誰かが息を切らして、時折はぁはぁ言う。

黒沢は、少しペースを落とすが、林が切れないので、休まず登る。

四十分位過ぎて、森林限界に達し斜面が開ける。

振り返ると燧ヶ岳が見えるので、休憩する。しかし抜けたばかりの新緑の林が、尾瀬ヶ原の眺望は遮る。

水を一口飲んだ黒沢は、尾瀬ヶ原を向いたまま、後ずさりで右へ左へ景色を探しながら登って行く。

誰かが出したキャラメルをなめ、燧ヶ岳の左右の山も見ていると、上から声がする。

「ちょっと、ここまであいばせー」

何を言っているのかわからない。

ちょっとあがって見ると、手を上に振って登って来いと言っているようだ。

すぐそこなのに岩が滑って登りにくい。

この山の地盤は、森林限界から上は蛇紋岩《じゃもんがん》が露出して、特殊な蛇紋岩植物だけが生息する。

蛇紋岩は金属成分を多く含み、その関係で、植物が根から水を吸収しにくいため、蛇紋岩に適合する珍しい植物が生育している。

また、山塊の水も強いアルカリ性だ。

岩の色は青灰色の地に、緑色の蛇のような紋様が入っている。

黒沢のところまで行くと、尾瀬ヶ原も見渡せる。

湿原には、白や黄色、菫色等の模様が浮かんでいる。

花の輝きは燧ヶ岳の麓まで続いている。

ピラミッドのような雄々しい姿が、その先に佇んでいる。

小屋の案内では七月になるとこのあたりから沢山の高山植物が咲くとあったが、まだ開いていない。

晴天と展望に惹かれて、もう少し登る。

しかし、蛇紋岩が滑る。

特に濡れている面では、転びそうになる。

みんな、四苦八苦して、三十分ほど登ったが、ついに、村越が耐えかねたように声を掛けた。

「まだ、これが続くのかしら?

このまま頂上までは、大変じゃない。景色もよく見えたから、もう戻ろうよ」

北原も盛んにうなずいて、もう下りに向きを変えている。

確かに、この先は残雪も見えているので、折り返すことになった。

しかし、登ってきた蛇紋岩の道は、下りの方がはるかに歩きにくい。

日が当たって乾いているところはまだましだが、日陰や、水が流れて、濡れている岩の面は少しでも傾斜していると、かなり滑る。

だれも杖は持っていない。

何人かが何度か、転んだり、尻餅をついた。

三十分登った道を降りるのに、四十分以上の時間がかかる。

漸く森林限界に近づき、樹林帯が間近に見え始めたとき、広瀬美和子が右足を滑らせ、転びそうになった。

こらえようとして今度は左足が外側へ滑り、岩の上を一メートルほど、尻餅をついたまま落ちた。

「いたっ」

といったまま、動かない。

そして俯いて左足を抑えている。

先行していた黒沢がそばに戻り、手を貸し立ち上がらせたが、左足首が痛むようで真っ直ぐ立てない。

「なんか、ぐきってなったの。痛いわ」

黒沢が左足の先を掴んで少し、曲げてみる。

「いたたた」

足首を捻挫か骨折したかもしれない。

今度は足首の回りをゆっくり圧してみる。

「これ、痛い？」

「大丈夫」

そしてまた回す。

「痛い」

「多分、ちょっと捻挫かな、骨は何ともないと思うけど……。左足をついて立ってみて」

重心を乗せると痛がる。

靴紐を解いて、ゆっくり、脱がせる。

足首の甲側が腫れている。

手拭いを集めて、縦に裂き、つないで、応急の包帯、ロープ代わりにする。

流水に手拭いを浸し、足首に巻き、冷やしながら、固定する。

「取りあえず、おぶって小屋まで降りるべ」

繋いだ手ぬぐいで一五〇センチ位の輪をつくり、簡易おんぶ紐にする。

美和子の背中に当てる。

輪の上の部分を美和子の肩甲骨のあたりにあて、下の方が美和子の太腿の下をくるんだ格好にして、左右の脇の下から前にだした紐に、黒沢が両手を通してザックのように、美和子を担ぐ。

「お、軽いな」

黒沢の前後を男子が挟んで時々、手を貸しながら、ゆっくりと下っていく。

「やぁだ、恥ずかしい。黒沢君、ごめんね」

「俺は何ともねえ、痛まねえか？」

「ごめんなさい。足手まといで」

茂も声を掛ける。

「そんなこたぁないさ、みんなでちゃんと運ぶから大丈夫」


黒沢は重さに動揺せず、慎重に降りていく。

一時間ほどで尾瀬ヶ原まで降り、小屋に着き、主人にみてもらう。

痛みはあるがズキズキしてはいない。やはり捻挫のようだ。

歩くのは無理だ。

小屋で歩荷《ぼっか》さんが使う、背負子《しょいこ》を貸してくれた。

鳩待峠まで行けばリヤカーがあるはずだという。

今度は峠まで登りである。

茂が担いだ。

「背負子は楽チンね。手拭いは細いから足に食い込んでしびれたけど」

「確かに、軽い」

そうは言ったものの、川上川を過ぎると急な登りになる。

歩幅を狭くして、ゆっくり登る。

「千住の先って何のこと？」

「え、知らなかった？　日光街道の宿場。

最初が千住で次が草加だから、そうか。駄洒落だよ」

「あっ、そうか。あらやだ」

背負子に後ろ向きに座って、茂に寄りかかっている。

肩から首筋に、流行のポニーテールが触れてくすぐったい。

汗が噴き出してきた。

歩を進め体が揺れるたびに、うなじに触れている美和子の髪が揺れ、いやでも意識が集中する。

少し崩落しかけている段差で、後ろの足が滑り、手を突きそうになる。

「変わるかい？」

黒沢が声を掛ける。

「うん、何ともねえよ」

平静を装って答える。

ぐらついたせいでまた汗が噴き出た。

事故があったことで動揺していたメンバーも、峠が近づくとなごんできて、誰かが「夏の思い出」を口ずさむ。

何人かが声を合わせ、歌う。

何回か繰り返し、また別の曲も思い出し歌い始めたころ、峠に着いた。

戸倉までは下りである。

借りたリヤカーに女子が三人乗り、男子が回りを抑えて、かなりの速度で進む。

女子たちは、御車《ぎょしゃ》にでも乗ったようではしゃぎ声をあげる。

「何だか、怪我の功名ね」

村越が微笑みながら、言った。


上野には夜九時過ぎに着いた。

茂と黒沢と村越がタクシーで、美和子を家まで送った。

店の裏が自宅になっているようで、隣家との境の小路を奥の玄関口まで負んぶして運ぶと、母親と妹らしき、女性二人が迎えた。

「あらまぁ、申し訳なかったですね、お世話かけちゃって、ありがとうございました」

「お姉ちゃん、大丈夫？」

村越が電話しておいたので、驚きはしない。

黒沢が、頭を下げながら、答える。

「とんでもない、御嬢さんに怪我させちゃってすいませんでした。捻挫だと思います。今日は冷やしたほうが良いと思います」

芝居にでも行ってきたのだろうか。

母親は、なでやかで風合いの良い、丹後縮緬《たんごちりめん》のぼかし染めの小紋を着ている。

横段違いに薄紫色、青色、空色が重なっている。

束髪の先を頭の頂《てっぺん》に鼈甲櫛《べっこうくし》でまとめている。

三和土には銀地の草履とい草表の雪駄が並んでいる。

上がり框に美和子を腰かけさせ、二人は名乗ったあと、「じゃぁ、お大事に」といって、村越を残して、帰った。

「随分、立派な店だっぺ」

「うん、あの履物は、かなりのもんだね」

二人は、上野まで、人通りの少なくなった寺町を歩いた。

少し乾いた風が、日焼けした肌に心地よかった。

家に戻った茂は久し振りに、華やかなメロディのディジーガレスピーの「チュニジアの夜」のレコードをかけた。

アフロと4ビートの軽快でエキゾチックな雰囲気だ。

昼間の興奮が残っていたのか、自然と一人で頭と腰を振り、体をスイングさせていた。

加代子が、覗いた。

「何してんの?」

問われて、茂は、

「あっ、あぁ」

と、我に返り、荷物の片づけをしているふりをした。

「もう遅いよ、どうしちゃったの。あー、なんかいいことあったねー」

「茂、明日大学だろ、早くお休みよ」

千代も、廊下から顔色を見ている。

「わかったよ、おやすみ」

茂は、襖をあわてて閉めた。

寝床に着いたが、寝付けない。


一見冷たい感じがするけど、知性的な美形だな。

好奇心は強そうだな。

「何を考えているのかわからない」という感じもするな。

いずれにしても目立つな。

ああいう娘は、好きになったら全力投球かもしれん。

誰かいるのかな。

きっと誰かいるんだろう……。


翌日の講義は石塚教授の「日本古典概論」だった。


「『源氏物語』は、平安時代中期に成立した王朝文学の代表小説である。

初出は長保三年、一〇〇一年とされているが、このころには相当な部分が出来上がっていたと言われている。

というのは、五十四帖《ごじゅうしじょう》の巻をまとめて物語の形式が整うまでには、それ以降相当の年月を要したし、そもそも当時の原書がまったく発見されていないので、紫式部日記をはじめとした、他の書物の記載から推定せざるを得ない。

さらに、出来上がっていた物が現存の内容と同等かどうかも疑わしいのである。

作者についても、紫式部説が主流だが、確定されているとは言い難く、光源氏のモデルと言われる源高明《みなもとのたかあきら》自身という説や、多数の作者が存在したとする説、紫式部の父である藤原為時《ふじわらのためとき》が大筋を書き、娘に細かいところを書かせたとする伝承、さらに藤原行成《ふじわらのゆきなり》が書いた『源氏物語』の写本に藤原道長《ふじわらのみちなが》が書き加えたとする伝承、はたまた、紫式部の娘である大弐三位《だいにのさんみ》の作であるとする伝承など、様々の推定がある。

いつ完成したか、誰が著者かという、この議論を紹介していくと、本講義は果てしなく続くので、いったん作者は紫式部という前提とする。

しかしながら、一言だけ推論すると、『伊勢物語』、『竹取物語』をはじめとして、当時既に流布していたいわゆる『物語』というものは、ひとりの作者が作り上げたものがほとんどないと思われ、別人の手が加わって伝わっていくのが通例であった。

また、先ほどのとおり通常五十四帖とされる巻は原本が存在せず、平安末期に出た『源氏物語絵巻』の絵に添えられた詞書《ことばがき》として、本文とみられるものが記されており、これが最古の記録である。

実際は、完成直後から広く普及し多くの写本が作られたとみられる。

しかし、平安時代には、『物語』という形式の作品の位置付けが、後の時代とは異なり文学作品の価値としてはかなり低いものであったため、筆写の際に相当な文の追加・改訂が行われたらしい。

さらに常に全巻が一体となっていたわけではなかったとみられる。

『源氏物語』が、勅撰和歌集並みの古典と認められた、平安時代末期から鎌倉時代初期にかけて、藤原定家と河内学派《かわちがくは》のそれぞれが本文を一体化した。

本文に手を加えることなく確定した写本として、漸く二百年近くのちに校合《きょうごう》された訳である。

したがって、核になる物語があり、各帖が次第に増幅された可能性もある。

また、記述内容が藤原氏の女房として仕官していた女性作者とするには不自然なところもある。

ということで、多数作者説、もしくは改定者がいたと個人的には考えるのであるが、あくまで推定に過ぎない。

さて、全文を四百字詰め原稿用紙に換算すると約二千四百枚に及ぶ。

登場人物は約五百名、時代は七十年余りの期間をとっている。

八百首弱の和歌をも含む物語で、筋書は秀逸かつ緻密である。

登場人物の心理を巧みに描写し、かつ洗練されている文章は、作者が優れた美意識と才能を持っていたと窺える。

まさに、日本文学史上最高の傑作であり、後世の文学に与えた影響は計り知れない。

また、絵巻物や演劇、香道など、いわゆる日本の芸術文化各面にも多大な影響を与えた。

作品の偉大さとヴェールに包まれた執筆経緯から、数多くの研究テーマをもたらしており、諸君の専攻過程においても、恰好の題材となるだろう。

例えば、題名や各巻の名前の由来だけをとっても、私の知る限りにおいて、過去から通算すれば、優に千を超える研究が実施されている。

『源氏物語』にまつわる研究の中でも、この物語の主題が何なのかということは、特に古くから様々論じられ、現在においてもいまだ結論が出ていない課題である。

もちろん日本文学の根幹を形作る、『もののあはれ』という概念が適切という見解が多数を占めてはいる。

江戸時代までは、仏教的観点に基づくとか、『春秋』、『荘子』、『史記』といった中国の古典籍に由緒来歴を求めた説明も多くあった。

しかし本居宣長《もとおりのりなが》が儒教や仏教の由来ではなく、『源氏物語』自体の存在が『もののあはれ』を形成しているという、帰納を演繹に変えてしまったような説を主張してから、この作品の金字塔的な存在が、より明確に認識されたのである。

ほとんど余談の域を出ないが、この主題探究に手をこまねいた学者の中には、『主題』が存在するのかとか、解明された『主題』に意味があるのか、などと言い出すものまでいた。

さて、私は文学者として、探求の努力を放棄するつもりはないが、この日本最大かつ最優の古典を、一読者として楽しむことは愉楽《ゆらく》である。

また一貫した主題の特定にこだわらず、五十四帖それぞれの主題を味わうことについて、紫式部はけっして拒否はしないであろう。

ということで、光源氏十七歳の夏の話、『空蟬《うつせみ》』について紹介してみよう。

空蟬とは登場人物の女性の通称である。

彼女は上流貴族の娘であったが、父が早逝し、心ならずも、伊予の国守次官《こくしゅ》に後妻として嫁ぐ。

同年輩の前妻の娘がいるという、親子程も年齢差がある結婚であった。

夫は空蟬を非常に愛していたが、空蟬の方は、貴族の出でありながら、下の身分に嫁がざるを得なかったことに、内心は運命のもたらした恥辱と感じており、夫への愛も薄かった。

ある時、次官の前妻の息子である紀伊守《きのかみ》の邸を訪れた光源氏は、たまたま居合わせた空蟬と出会う。控えめで慎み深く、立ち居振る舞いも水際立っていた空蟬を、一目で気に入り求愛する。

名前の由来となった光り輝くように美しく、若く高貴な光源氏に空蟬はつい応じてしまう。

しかし、聡明な彼女は身分が釣り合わないことから、ひとたびの後は、源氏に掻き口説かれても一切拒み、決してなびこうとはしなかった。

そして、ここから第三帖になるのだが、空蝉を忘れられない光源氏は、彼女のつれないあしらいに反って思いが募り、再び邸へ行った。

夜更けに、人々が寝静まったのを見計らい、源氏は空蝉の部屋へ忍んで行く。

だが、気配を感じた空蝉は、薄衣《うすぎぬ》を一枚残し素早く部屋を抜け出してしまう。

源氏は、気付かないまま、空蝉の部屋へ泊まっていた義理の娘を抱いてしまい、今さら後にも引けないことから、やむなく一夜をともにした。

夜が明けて、残された抜け殻の薄衣を自宅へ持ち帰った光源氏は、空蝉に対する心の内を歌にして、届けさせる。

『空蝉の　身をかへてける　木のもとに
　なほ人がらの　なつかしきかな』

この歌は、

『蝉が脱皮して殻を残して飛んでいくように、衣だけを残して行ってしまった。この薄衣《うすぎぬ》にあなたを感じ、思いが募る』

といった意味である。

空蝉はこれを受け、人妻なので貴方の気持ちには答えられない、耐えかねて泣いていてます、という悲しみを歌っている。

『空蝉の　羽におく露の　木がくれて
　しのびしのびに　ぬるる袖かな』

空蝉の慎み深い拒絶が、まだ若く驕慢《きょうまん》であった源氏の心を捉えたということである。

作者は、十六帖の『関屋《せきや》』で、十二年後の二人が、未だ互いに思慕する様子を描き、若い時の片時の横恋慕《よこれんぼ》が、深い慈愛に変わったとし、余韻のある展開にした。

さらに、その後夫を亡くし出家した空蝉を、光源氏が二条東院《にじょうひがしのいん》に迎えて住まわせるということになる。

空蝉は、境遇や身分が似ているため、紫式部自身がモデルではないかと言われている。とすると、筋書きは意図したものではなく、事実から脚色した可能性もあるのだが、結果として、光源氏の成長と豊かな慈愛を、展開した印象を与える。

第三帖は、光源氏が、碁を打っている空蝉を覗き見たり、相手を間違えたり、屋敷の老女に咎《とが》められたり、小君という空蝉の弟を可愛いと言ったり、本筋以外にも読みようによっては、喜劇的に描かれているところもあるので、豊かな筋書に気をとられがちである。

しかし、光源氏と空蝉の関係に絞って記述を解釈してみると、心理描写はいかにも自然で臨場感がある。

そして、それが故に、十二年後の件《くだり》も、効果的になっている。

文章は、言葉によってつくられるから、いかなる語を用いるかによってその巧拙が決まると説く作家もいるが、それだけではなく、語と語の関係や、選び方と位置づけが文章の格を決めると言える。

同様に筋書においても、ある記述に対して、この空蝉の関屋での再登場のように、別の記述を加えることで、記述内容の関係が成立し、位置づけが明確になり、記述を際立たせることになっていく。

砕いていえば、何でもよいが絵画を想像してご覧なさい。

ある一つの色に塗られた部分と対照した別の色の部分があるから、絵画は成り立つ。

すなわち、文章においても同様で、語と語の関係やそれぞれの位置づけ、記述と記述の関係やそれぞれの位置づけ、これをどう組み立てるかが作文の要諦《ようてい》である。

と考えてみると、源氏物語は様々な登場人物とその筋書きが、華麗にして色彩豊かに織り上げている王朝絵巻と評される所以がより明らかになる。

よいかな、昨今の小説にはある主題を追及するがゆえに次第に色を塗りこんでいき、折角の際立って秀逸な部分を色褪せさせ、挙げ句の果ては非現実の世界に踏み込んでしまう奇想天外な作品も存在する。

こういった物は、いつの時代にもあるのだが、現代において斯様《かよう》な傾向を持てはやすかのような風潮が蔓延しつつあることは憂慮すべきことである。

繰り返すが、小説に限らず文章においてはどのようにして綾をなし、彩るかが大きな課題である。

日本文学においては、九百年以上前に素晴らしいお手本が出現しているということである。

さて、『源氏物語』は他の古典に比べ原文が難解である。

それが故、現代においては谷崎純一郎等が、現代語への訳本を著しているが、与謝野晶子の訳が、皮肉にも彼女の死後、高評価を得ている。

晶子は訳にとどまらず、各帖の巻頭に自作の歌を寄せている。空蝉にも

『うつせみの　わがうすごろも　風流男《みやびお》に
　馴れてぬるやと　あぢきなきころ』

これは、光源氏が空蝉に拒まれたことは、これまでになかったことで、はじめて人生は悲しい、また恥ずかしくて生きていられない気がすると思っていることを歌っている。

与謝野源氏に限る必要はないが、是非とも源氏物語には慣れ親しんでいただきたい」

講義が終わって、隣に座っていた黒沢はため息をついた。

「吉村君、いや、なんだっぺ、また解説してくんねえか、難しいべ」

「うん」

「もののあわれか、なんだか大きな岩壁を見上げてるような気がすんな。石塚先生の講義は面白いけどなあ。う、疲れてっか?」

会話は途切れたまま、二人は食堂に向かった。


午後の英語の講義を終えた茂は、図書館に寄り、予習のつもりで「方丈記」を借り、帰宅した。

部屋に入り、序を読んだ。

「ゆく河の流れは絶えずして、しかももとの水にあらず。よどみに浮かぶうたかたは、かつ消えかつ結びて、久しくとゞまるためしなし」

しかし、何かやり残したことがあるような気がして、落ち着かない。

立ち上がって、台所で水を飲み、表に出た。

不忍池の縁を歩き始めた茂の目に、新しい緑葉を隠すように咲いている、黄色とオレンジの中間色に輝いている五弁の花が映った。

広めに作られた藤棚の日陰に、しなやかな枝が薄暑の弱い風に揺れている。

何週か前にはすでに咲いていた気もするが、初めて見たように、小判のような煌めきがまぶしい。

弁天堂まで行くと、東大の方に夕日が傾きかけ、見上げると上弦の月がうっすらと浮かんでいる。

上野公園を抜け、駅の不忍口の前に来たが、家には戻らず、そのまま浅草の方に歩いていく。

裏道を抜け、下谷神社を過ぎると、自転車に乗った豆腐売りがラッパを鳴らしながら、茂を追い越していく。

いくつかの寺を見るともなく歩いていくと、合羽橋の交差点に来た。

ただ散歩していたつもりが、足は自然と美和子の家に向いていた。

見舞いに訪れるつもりで来たのではない。

下駄ばきに開襟《かいきん》シャツ、作業ズボンの恰好《かっこう》である。

店の前を通るのをはばかり、交差点をそのまま浅草六区に向けて通り過ごした。

浅草寺まで行き、何となくお参りをして仲見世を雷門まで歩く。

まだ陽は当分明るいままに思えるが、はや店仕舞いをしている土産物屋も多い。

浅草通りに出たが、当てもないまま、また戻り新仲見世商店街を六区に向け歩く。

足は大丈夫だったろうか。
ちょっとだけでも様子を見ていこうか。
駒泉まで来たから寄ったと言えば、恰好がつくか。
両親がいたらどうしようか。

躊躇いながら、また合羽橋の交差点に来た。
南に折れて、店の前の向かい側の端を通り過ぎる。
向かいの店のショーウインドを覗くふりをしてガラスに映る美和子の店を窺う。
何人かの店員が道端に出してある陳列棚を店内にしまっている。
奥の方から、奥さんらしき声が店頭に響いている。
あわてて歩き始め、しばらく行って振り返る。
見覚えのある束髪に割烹着の女性が店員に何か言って、こちらを向いた。
茂は足早に、しかし気づかれぬように遠ざかった。

三日後に、放送研究会の活動があり、村越敏子が来た。
茂は、美和子の具合を尋ねた。

少し足を引きずる程度で済んだという。

黒沢が見舞いを提案し、次の日曜に三人で行った。

美和子はまだ足を気遣い、慎重に立ち居振る舞っていたが、嬉しそうに迎えた。

神妙に怪我をさせたことを詫びる黒沢と茂に、意外な答えが返ってきた。

「ちょっと滑っただけだから、何ともないわ。それより、面倒を見てくれてありがとう。良くなったらまた行ってみたい。ハイキングはとても楽しいわね」

お茶を出してくれた母親が、少しあきれるように、だが、暖かさを感じさせる口調で言った。

「まあ、懲りずによかったわね。ちゃんと気を付けて皆さんに迷惑を掛けないようにしてね。お二人ともよろしくお願いしますね。そんなにお転婆《てんば》ではないはずだから」

和子という母親は、わずかに二人を見比べたようだったが、茂の顔に移った視線は、じっと動かない。

茂は、店の前で見られたのかと思い、手が汗ばんだ。

「吉村さんは、上野の履物屋さんの息子さんなんですって。駒泉から暖簾分けしたそうですね。場所は池之端《いけのはた》ですか？」

「はい、駒泉の隠居されたご主人にお世話になって、親父が開いて、二十二年経ちました」

「先代って秀助さんのこと？　最近お会いしてないけどお元気かしら。立派な方だわ」

「はい、おっしゃる通りで、家じゃ駒泉には足を向けて寝られません」

「そう、今度、草履を拝見に行ってもよろしいかしら。ねえ、美和子」

「お母さん、悪いわよ、いきなり」

「あら、そう、行ってみたいって誰かさんが、ほほっ」

「いや、駒泉さんみたいな大店《おおだな》じゃない、親父一人でやってるちっぽけな店ですが、気兼ねなくお越しください」

「お母さん、あっち行ってて」

「はい、はい、じゃ、どうぞごゆっくり」

床の間には、不忍池でみた小判色の花が牡丹《ぼたん》らしきピンクの花と一緒に活けてある。

村越が、気付いて尋ねる。

「素敵な花ね、美和子はもうお免状頂いたの？　山吹《やまぶき》と牡丹《ぼたん》？」

華ばさみを扱う家業の関係で美和子は子供の時から華道を稽古していた。

「まだまだよ。山吹と芍薬《しゃくやく》よ」

「立てば芍薬座れば牡丹歩く姿は藤の花だべ」

「藤の花？、百合だろ」

女子二人は楽しそうに吹き出す。

「そうよ、百合。藤じゃ、ちょっと合わないでしょ」

村越が咎める。

「山吹だったか」

「吉村君、山吹がどうかしたの？　お好み？」

「いや、不忍池にも咲いていたけど、名前を知らなくて」

「美和子、山吹の花言葉なんだったっけ？　『気品』？　だっけ」

「そう、『崇高《すうこう》』とか『待ちかねる』とかもあるわ」

「そうか、気品ある広瀬さんが、見舞いを待ちかねていた、如何だい、吉村君」

「おー、上出来だね。うどん屋のカツオだ、出汁抜かれた。」

美和子が笑いながら言う。

「また、千住の先？」

村越は訝る。

「なあに、二人して、なにを言っているのよ？」

寛《くつろ》いだような美和子を見て、黒沢と茂はとりあえず肩の荷が下りたような気がした。

上野まで歩きながら、黒沢は福島の磐梯山《ばんだいさん》と猪苗代湖《いなわしろこ》はどうだと尋ねる。

茂は、尾瀬沼と燧ヶ岳も行ってみたいと答えた。

四日ほどして、大学から帰宅した茂に、正三が下駄の鼻緒を挿げながら話しかけた。

「おかえり、さっきお前に山で世話になったと言って、合羽橋の広瀬屋の母娘《おやこ》がきたけどよ、知り合いかい？」

「えっ、ああ、ほらこないだ尾瀬に一緒に行った人だよ」

「快気祝いだって、石鹸の詰め合わせくれたけど、どうかしたのかい？」

奥にいた千代が、話を聞きつけて代わりに答える。

「山で捻挫したから、送ってあげたんだよね。なんかいいのかい、こんないい石鹸もらっちゃって、ちゃんと見舞いはしたんだろうね」

「うん。何か言ってたかい？」

「秀才の息子だとか、粋ないい店だとか、持ち上げられちゃったけど。

広瀬屋さんていやぁ、てえげぇの職人は知ってるぜ」

「おかみさんも御嬢さんも、良いよそ行きで、草履も結構なの履いてたね、おまえさん？」

「さすがに、履物屋来るのに料簡《りょうけん》てもんだよ」

「草履は見たのかい？」

「ちらっと見てたけど、まあ、お礼に来た足で買うのも、野暮ってもんだろ」

「茂、御嬢さんはいくつなんだい、おない年かい？」

「一つ上の申年《さるどし》だってよ。なんか疎開の関係かなんかで、一年遅れたらしい」

「壬申《みずのえさる》か、美形が多いし、惚れっぽいていうなぁ。確か酒屋の娘もそうじゃねえか」

「そうだよ、まきちゃんだろ。あの娘もきれいだねぇ」

「酒屋なのに材木屋か？　気が多いってかぁ？」

「あら、お前さん、おっきな声で滅多なこと、やめときな、嫁入り前なんだから。気があるのは茂のほうなんじゃないかい」

「何いってんでぇ、しらねぇよ」

茂はからかわれて、二階に上がった。

尾瀬の夜、誰かが歌った「野ばら」を鼻歌で歌いながら、銭湯へ行った。
「童《わらべ》はみたり　野なかの薔薇
清らに咲ける　その色愛でつ
飽かずながむ　紅におう
野なかの薔薇
手折《たお》りて往かん　野なかの薔薇

手折らば手折れ　思出ぐさに
君を刺さん　紅《くれない》におう
野なかの薔薇

童は折りぬ　野なかの薔薇
折られてあわれ　清らの色香
永久にあせぬ　紅におう
野なかの薔薇」

この詩はゲーテが初恋を振り返って作った。
清らかに咲くバラが無情にも折られてしまう詩は、ゲーテが恋人を裏切り、美しい心を深く傷つけてしまった自責の念がこめられているのだが、シューベルトの曲が暗さを感じさせないせいか、茂はあまり深く意味を考えもせず歌った。

日曜になって、茂は美和子を訪ねた。
今日は、下駄ばきではない。出がけに千代に声を掛けられた。

「どっか行くのかい？」

「ちょっと散歩」

「えー、学生服着て？

まったく履物屋の倅が革靴で散歩かい。

お昼は食べるの？」

「う、うん。」

千代の言葉を振り払うようにあわてて外に出る。

池には立ち寄らず、真っ直ぐ合羽橋へ向かう。

もう梅雨入りだろうか、濁ったような空に湿った風がざわざわと吹いている。

浅草通りを歩いて稲荷町《いなりちょう》を過ぎたあたりには、お茶問屋があり、店は閉まっているが、新茶入荷の張り紙がガラス戸に張ってある。

さらに、次の角を曲がり合羽橋に向かう。

背が藍黒色に光り、額の赤と白い腹が際立つ燕《つばめ》が、長く切れ込みの深い二股の尾を翻《ひるがえ》して、通りに面した寺の門を潜り抜けて飛ぶ。

何を話そうかと考える間もなく、広瀬屋の前に着いた。

店は休みでガラス戸の中にはカーテンが引かれているが、店頭の引き戸はわずかばかり開いている。

「こんにちは」

静かに戸を開け、中に踏み込むと、電灯は着いておらず、暗い。

中で作業でもしているのか、男の声がした。

「今日は、休みですが、何か御用でも？」

「美和子さんはいらっしゃいますか？」

「いると思いますが、どちら様？」

闇に眼が慣れてきて、短髪で細面の男の輪郭が浮かび上がった。

「吉村と言います」

言った途端に電灯が付き、眩しさで奥の男はまた陰しか見えない。

手に持っている三十センチ位の鉄工ヤスリのような棒が光った。

近寄ってきて、風貌が明らかになり、三十歳位だろうか、職人風だ。

「住まいの玄関は横から回ってください」

左手で外を指しながら、茂の学生服と足元を値踏みするように見下ろした。

茂は、言われて、玄関口が別であったことを思い出し、いったん外に出た。

玄関に回り、声を掛けると、美和子が出てきた。

「あら、いらっしゃい。こんにちは」

「こんにちは、先日は、家にわざわざ来ていただいて、結構なものを頂いて、有難うございました」

「いいえ、こちらこそ、お世話になって、お見舞いまでしていただいて、有難うございました。お母さん、吉村さんが見えたの」

母親の和子も出てきて、座礼する。

「どうぞ、散らかしてるけど、上がってください」

「いいえ、突然お休みの日にお伺いしまして、すみません。一言お礼をと思ったものですから」

「まあ、ちょっとお茶でも召し上がっていって。どうぞ、どうぞ」

和子は、そう言いながら、奥へ行き、部屋を調えているようだ。

「本当に挨拶だけだから。もう足は良くなった?」

「うん、もう痛くないし、随分歩いても大丈夫よ」

「良かったね、じゃ、外に出てもいいのかい?」

「え、はい、ちょっと待っててね。支度するから」

出掛けると聞いた和子が、微笑みながら玄関にまた座る。

「ご両親によろしくお伝えください。いいお店ねぇ。近いうちにまたお伺いしますね」

美和子は薄い緑色のワンピースに着替えて出てきた。

半袖で、膝丈のフレアーが広がっている。

手には赤いリボンが巻かれた小振りの麦わら帽子を持っている。

「急にでかけちゃって、いいのかい？」

「お休みだし、お父さんは、府中に出掛けちゃったし」

「府中？」

「日野の手前よ。ふふふ」

「え、あ、甲州街道だね、千住の先のお返しか。仕事？」

「ううん、お馬さん」

そういって、手綱《たづな》を引く格好をした。

「競馬？　好きなのかい？」

「そうなの、尾瀬に行った日は、ダービーとかで当たったって、皆で銀座に行ったらしいわ」

「そりゃ、勿体ないことしたね」

「いいのよ、尾瀬は楽しかったから」

「立派なお店だね。何でもおいてるんだね。忙しいですか？」

「あら、お店みたの？」

「さっき、最初に店の方に入っちゃって、そしたら男の人がいたけど、棚は広いし、すごい品揃えだね」

「ああ、徹男《てつお》さんね……。

刃物屋って、本当に種類が多いから、覚えるのが大変。

包丁だけでも、菜切り、薄刃、出刃、小出刃、柳刃、蛸《たこ》引き、ふぐ引き、身おろし出刃。

えーとそれから、腸裂き、むき包丁、寿司切り、麺切り、鰻裂き、どじょう裂き、鱧《はも》しめ、鱧切り、中華包丁でしょう。

あと、小刀、鋏《はさみ》、ノコ、カマ、爪切《つめき》り。それに、砥石もあるし」

「よく覚えてるね、確かに刃物は生活に欠かせないね。刃物のない家とか、店とか考えられないね」

「店に買いに来てくれるお客さんは、自分で選ぶからいいんだけどね、最近は電話とかで注文してくるのを受けなきゃいけないから、包丁でも言い方がいろいろあるので、よく確認しないと間違っちゃうの。

もうだいぶ覚えたけど、最初は鰻と鱧を取り違えちゃって、失敗しちゃった事もあるわ。

でもこんなに沢山って、なんだか人間みたい。

人もみんなそれぞれの仕事や、性格とか違うじゃない。

刃物も色んな種類があって、さらに同じ種類のものでも一本ずつ微妙に違うし、使う人によってまったく別の様に変わっていっちゃうし。

使ってる刃物の状態をみると、その職人さんがどのくらいの腕なのかすぐわかるって、お父さんが言ってたわ。どんなに高くていい刃物を使っていても、そんなに腕が立たない人もいるんだって」

「衣だけでは和尚になれぬ。下手《へた》の道具立て。宝の持ち腐れ。猫に小判。豚に真珠。弘法筆を選ばず。おっとこれは違うか」

「お金では買えないものがあるって言うことね」

「お金で買えない匠《たくみ》の技ねぇ……。

お金で買えないものってなんだろう?」

「そうね、例えばあれかしら」

美和子は渡り始めた吾妻橋の上から、隅田川のさざ波を指差した。

海に向かう流れに小さな波が立ち、鈍い雲を透して射す日光を僅かに反射している。

欄干《らんかん》から川を覗き込むと橋脚の側に小さな渦ができていて、次々に泡が浮かんで少し流れては消える。

「地球が創った自然、川の流れ、空の雲、お日様、お月様、お星様、風……」

「人間が造る物は買えるね、自然も買えるものはあるよ。花、木、石、いい景色、森、山、川、島。日本の４・５倍の百七十万平方キロの広さのアラスカを、アメリカは七百二十万ドルでロシアから買ったんだ。

所有することができる物は買えるということだよね。

例えば、誰かが歌を歌う。欲しい、買いたいと思っても、歌い終わったらその歌は買えない、でもレコードになっていれば買える。

景色もそうじゃない？　今この瞬間の川の流れが写真になれば買える」

「写真と実際の景色は違うんじゃない。歌もそうよ、目の前の歌声とレコードは違うわよ」

「うーん、そうだね。写真には風は付いてないし、歌手の表情はレコードではわからない。

記録として作られたものは買えるけど、雰囲気や情景や、それで感じる気持ちや印象や感情は、そもそも記録できる限界があるのかな。

長い時を経て出来上がった自然も、創造主の気持ちやどうやって作ったかはわからない。

いくらお金を持っていても、そうだな、形のないもの、未知のものは駄目だね」

「でも、出来上がった物には、作った人の心と腕が込められているのだから、技術も精神も買ったことにならない？

形のあるものはいつかは壊れるけど、物に込められた思いやそれが作り出す美への憧れは心に残るわ」

「うん、そうだね。でもそれは、匠の技や伝統の精神から生まれた成果を手に入れたので、技や心そのものは買えないよね」

湿った風が麦わら帽子をあおり、美和子は手でつばをつかむ。

白い指が茂の目の前にある。

「そうね。

吉村君はお金があったら何か買いたいものはある？」

「うーん、そういわれるとやっぱりお金では買えそうもないものが欲しくなる」

「お金では買えないけど、自分の努力で手に入れられるもの？」

「努力？　自分だけの？　それも何かちょっとさびしいかなぁ……」

「なあに？　何故？　さびしいってどういうことなの？」

「うまく説明できないけど、自分の力だけで手に入れられるものには限りがあるような気がするなぁ。

誰かから教えられたり、気付かされたり、無人島にいたらできないことがあるような気もする。

だから、もちろん自分の努力も必要だけど、それだけで得られるものは限られているのかな。

匠の技とか心は伝統でしょ。それに、たとえば、お金があって立派な家を建てたり、あるいは、何かとてもいい絵をかいたりしたとしても、自分の努力だけで手に入れたんだと思うのは、少しさびしいなぁ」

「ふーん、そう」

川面を二本の流木が漂って近づいては離れ、また連れ添って流れていく。

二人の会話は流れながら波にあおられて、どんな海原へたどり着くのかわからない。


「美和子さんは好きなものは何?」

「好きなもの? たくさんあるわ。

うちのマーコの尻尾、下谷神社の紫陽花の花にたまる滴、お父さんが買ってくれたメリノの手袋、紅玉の焼きリンゴ、隅田川のスターマイン、お母さんの金銀重ねの草履」


濁った雨模様の空から、ぽつりぽつりと大きな雨粒が落ち始め、二人はあらかた花の終わった藤棚に小走りで逃げ込んだ。


「大学は楽しいの? どんなことを勉強してるんですか?」

「文学部だから、色々だけど、日本の古典の講義が結構面白いよ。石塚先生という名物教授がいてね、先週は『方丈記』だった」

「確か鴨長明《かものちょうめい》でしたっけ」

「そう。

今の日本の文章は、仮名と漢字の和漢混合文というものだよね。

これは『枕草子』と『源氏物語』あたりから始まってるらしいんだけど、ちゃんとした形式として確立されたのは『今昔物語』なんだ。

でそのあと、『徒然草』や『方丈記』、『平家物語』などが出てくる。

だけど先生によると、『今昔物語』は十二世紀半ばまでに完成したらしいんだけど、文学として認知されるには数百年かかっている。

『平家物語』も千三百年以前に作られてるんだけど、『方丈記』よりは数十年後なんだ。

『方丈記』は内容と鴨長明の生涯からみて一二一二年に書かれたことが、ほぼ確実らしい。

だから、『方丈記』がそのあとへの影響という意味では一番古くて、文学史上は大きな意味を持っているんだって。

『ゆく河の流れは絶えずして、しかももとの水にあらず……』って始まるよね。

先生によると、この最初の文章で鴨長明がいかに作家として優秀であったかわかるらしい。

和漢混合文の使い手として、もう大変な名人、匠だって言うんだ。

確かに七五調を中心にした文章は、今も文学以外でも、たくさんあるよね。だから、彼がいたから今の日本の文章が形作られたのだと。

それから、内容も、『平家物語』で『祇園精舎《ぎおんしょうじゃ》の鐘の声、諸行無常の響きあり』っていう例の『人生の無常』は、日本文学の大きなテーマなんだ。

方丈記は、色んな災難やら、人生の浮き沈みを書いて、出家して、孤独が喜びなんてさえ言ってんだけど、結局悟りを得ずに、終わってる。

この『無常観』がそのあとの『平家物語』とかの文学のテーマとして頻繁に出てくるようになる。別に哲学書ではないけど、ほら、よくさ、桜が散るのにも美を感じる『無常観』というでしょ、日本人独特の美意識、その源なんだと。

まあ、先生によると、鴨長明という人は下鴨《しもがも》神社の禰宜《ねぎ》の子で、和歌では後鳥羽院に認められる位の才能があったんだけど、方丈の庵《いおり》で一人さびしく死んでいった。

だから当時の貴族の世界や出世とか政治のことを調べていくと、方丈記がなんで生まれたかよくわかる。

そして日本の文学と無常観の由来がどこにあるかわかるから、勉強しなさいとさ」

「ふーん、なるほどね」

茂のすきっ腹がぐうっとなった。

「あら、やだ」

二人は、昼下がりとなり少し小降りになった空を見上げて、雷門のほうに駆け戻り蕎麦屋に入った。


黒沢は、七月中旬の予定で尾瀬沼、燧ヶ岳への山行を計画した。

梅雨が明け、夏休みが始まる時期なので、参加希望者は増えた。

放送研究会だけではなく、同級生にも声を掛けた。

山口秀夫《やまぐちひでお》という、茂たちより五歳年上の同級生も誘いにのった。

彼は日暮里のふとん綿製造業の家に生まれ、尋常小学校から私立の中学に進んだが、大学に入るまで、時代や、家族の不幸や、自身の病気に翻弄されてきた。

中学では読書や寄席通いに熱中し、戦時繰り上げ特例で卒業したが、軍事教練の成績が悪く高校に進めず、浪人生活をした。

終戦後、この大学の前身である高校に入学したが、父母のあいつぐ病死もあり、いったん中退した。

兄たちが家を継いで事業を立て直したことから、再度入学したが、病を得て、喀血《かっけつ》し、左胸部の肋骨五本を切除した。

療養のため再度退学した。

治癒したのち、漸く新制大学となった文学部に入学してきた。

所属する文芸部では、放送劇を書いていたので、放送研究会のメンバーとも親しくなっていた。

石塚教授の講義の後、茂と黒沢は山口を誘って、山行の計画を説明した。

茂は療養していたことを以前に聞いていたので、気懸かりであったことを尋ねた。

「山口さん、病気は大変だったようですが体力はどうですか？」

「医者からは、できるだけ運動して体力をつけろと言われてねぇ、だから、折を見ては歩いたり、ハイキングもしてるんだよ」

「疲れをためないようにしないといけないんでしょう」

「うん、ところがねぇ、結核は、アメリカで特効薬ができてね、もう不治の病じゃなくなったんだ、ありがたい事さ、僕も命拾いしたんだよ。

ところで君たち、シナリオが一つできたんだが、放送劇をやってみないか？」

「おー、面白そうだ、やってみるべ、な、吉村君」

「いいですね。夏休みに準備して、秋になったら発表会をやろう」

「うん、俺はナレーションをやるぞ。吉村君は主役だ」

「え、まだシナリオを読んでもいないのに、気が早いなぁ。どんな筋書ですか」

「君たちは梶井基次郎《かじいもとじろう》は読んだかい？」

「『檸檬《れもん》』ですね。」

「うん、僕は重ね合わせるわけではないのだけれど、梶井が肺結核で夭折したこともあって、どうしても他人事には思えなくて。

彼の作風は、ごく些細な気分や感情を切り取って、対象物を通して文章に表現する。

例えば檸檬の清澄で瑞々しい描写に、衰弱や焦燥や死への恐怖が表される。

とてもあの水準には届かないが、死を僕らの世代がどうとらえるのか、ちょっと、変わった形で書いてみたんだよ」

「変わった形とは？」

「死そのもの、あるいは自身の肉体的な苦痛に対する感情の動きを描き、もう一つ別の離れた冷徹な観察者としての独白を組み合わせてみたんだ。

病気は治療を望む理由がない場合は、何物でもない。

だから自分を客観的な視点で捉えることができる。

梶井はフェータルな状況だったことを自覚していたからこそ、あの作品ができたのだと思うんだよ。

まぁ、読んでみてよ」

「はぁ、じゃあ、是非とりあえず読ませてください」

「うん、シナリオは持ってくるよ。

じゃ、尾瀬は楽しみにしてるよ、失敬」

別の講義に向かった山口を見送りながら、二人は些《いささ》か呆気《あっけ》にとられた。

「吉村君、放送劇なのに、なんか難しそうだな、できるんだべか?」

「いやー文芸部の人はやっぱりすごい。まして山口さんは作家志望だからな」

「へぇーそうなんだ、シナリオを早く読んでみたいな」


尾瀬沼には尾瀬戸倉から大清水《おおしみず》を越えて入った。

尾瀬沼東岸には大正十五年からの小屋がある。

小屋の主は尾瀬にダムを造る計画に戦前から反対し阻止した人で、彼がいなければ尾瀬は水没していたかもしれない。

一行は三平峠《さんぺいとうげ》から下り、尾瀬沼にでると、道を右に取り、小屋に向かった。

ニッコウキスゲが黄色い花をそこかしこに誇らしげに開いている。

コオニユリも負けじとピンクの花びらを外側まで折り曲げて競っている。

紫のハクサンチドリはそろそろ出番が終わりそうだ。

鳥も花に劣らず元気に生きている。

近くの森からはホトトギスの声が〝トッキョキョカキョク〟と聞こえて来る。

十人のメンバーは、峠を越えるまでは、気儘《きまま》に話していたが、今は誰もが花や鳥や湿原の淵や瀬や、水生植物に、目を取られている。

小屋に着いたが、夏の日はまだ高い。

何人かが沼の端に行き、燧ヶ岳を隠す雲や湿原のワタスゲやショウブを眺める。

イワツバメが、時々雛の餌を運んでいるのか小屋と沼を行き交う。

「今日は、天気はいいけど、燧は見えないね」

そういった茂に、隣にいる美和子や北原達は、どこなのと訊く。

尾瀬沼夕景

黒沢が、対岸の方向を指差す。

沼にさざ波が立ち、魚の鱗のように煌めく。


やがて、小屋の主人夫婦が、切り倒された丸太の側で火を熾し、鍋をかけた。

夕飯は水団《すいとん》とごはんと漬物である。

ゴボウ、蒟蒻《こんにゃく》、行者にんにく、葱が味噌仕立ての鍋の味を引き立てている。

夕日がナナカマドの白い花を赤く染めて、沈んでいった。

食事が終わると、焚き火はまた投げ込まれた枝木をパチパチとはじかせ、やってきた闇を待っていたかのように、炎を立ち上げる。

「こないだ、ダービーでお父さんが当てた馬が死んでしまったんだって」

「そうだね、新聞で見たよ」

「なんでも、破傷風だったらしいわ。十戦十勝、負け知らずで、幻の名馬、不世出の馬と言っていたわ」

「そう、残念だったね」

「沢山賞金を稼いだらしいけど、やっぱり命はお金では買えないものだったのね」

「幻の馬、夭折した天才馬か」

「いつも一番で、ダービーでも優勝して、嬉しかったのかしら。競争するために生まれてきたのだから、本望なのかな?」

「普通は鞭で叩かれるけど、そんなことしなくても、ちゃんと先頭に行ったって、記事に書いてあったよ。ゴール目指して、一着になるのが楽しかったのかな。不思議だね」

「何がぁ?」

「まるで人間みたい、言葉は話せないけど、分かっていたんだね」

「幸せだったのかな、別に牧場で気ままに長生きしても良かったのに。だって三歳なのよ」

「そうか、三年しか生きなかったんだ。でもね、きっと誰も忘れないと思うよ。語り継がれる」

「きゃっ」

美和子の足元を、焚き火を背中に映して青白く輝く、トカゲが小走りに横切った。口に蛾らしき虫を咥《くわ》えている。

茂は、立ち上がって水辺に行く。

ついてきた美和子と肩を並べて、躊躇いがちに昇ってきた十六夜《いざよい》の月を眺める。

雁だろうか、水面で羽ばたくような音が聞こえるが蘆《あし》に隠れて姿は見えない。

茂は、美和子の背から手を回し二の腕を抱いた。

美和子の体が静電気が伝わったかのようにピクっとした。

思わず茂は美和子の顔を覗き込むが、美和子は十六夜を見上げた視線を動かさない。

背中にも腕が触れて、美和子の柔らかい温もりを感じる。

「尾瀬の朝は霧が出ると素晴らしいです」

聞きなれた黒沢の声が後ろから響いてくる。

「今日は暗夜行路《あんやこうろ》ではなく、月夜行路だ」

振り返ると村越敏子と山口秀夫と黒沢が連れ立って、こちらへ近づいてくる。

茂は、手を外し、三人が来るのを待って、何気ないように黒沢に尋ねる。

「明日は何時に出発する？」

「五時半集合だな」

「じゃぁ、そろそろおやすみだね」


朝食を済ませて、沼に沿った道に出ると、予想通り朝霧が、日差しを遮り沼も覆っている。

「白い虹が見えることもあるんだよ」

黒沢は何でも知っている。

「白い虹って、真っ白なら虹じゃないわ」

北原が聞き返す。

「普通の虹のようにアーチになるんだけどね、白いんだよ」

「本当にそんな虹があるの？」

「あーあ、信用がないなぁ」

ほとりに沿って沼を少し回ると、霧が少しずつ上がっていき、水面が姿を現し、白樺を映している。

沼を離れ、登り道へ入って行く。

朝風は森の中で温かくなってくる。

ブナの葉が互いに触れ合う響きが、茂たちを包むように一緒についてくる。

アオゲラが二羽〝キョ　キョ〟と梢を通り抜ける。

額から後頭にかけて、赤い頭巾をかぶったように見える。

急な道をしっかりとこなしていくと、稜線に出て、競うように登ってきた霧が涼しい。

展望が開けた小ピークに着くと、下には尾瀬沼が横たわり、反対側には燧の山頂が目の前に立っている。

ここまで来ればもう三十分もあれば、頂上に着く。

林の中から黒い二頭の蝶がじゃれながら舞い上がってくる。

クロアゲハだろうか。

一頭の翅《はね》は青い金属のような光沢があり、もう一頭の翅は緑色がかった美しい光を放っている。

雌雄が交尾しようとしているのか。

追っている蝶は前翅《ぜんし》に黒いビロード状の毛が生え、白い帯が中ほどから何本も並んで、後ろに流れている。

逃げているようにも、誘っているようにも見えるもう一頭は、白帯はなく後翅《こうし》の赤斑《せきはん》が目立つ。

絡み合いながら上昇していき、重なって一体になった途端、羽ばたきをやめ急に落下していき、眼下の林に消えた。

左右のピークの間の鞍部《あんぶ》から右のピークに向かう

クロアゲハ

と、ザレ場からしだいに見上げるような露岩《ろがん》が立ちはだかり、攀じ登るとやや広い頂上に着いた。

周りを見回すと、コルからは左に見えたもう一つの頂が西に立っている。

北原が黒沢に尋ねる。

「頂上が二つあるの？」

「燧ヶ岳は双耳峰でこちらがマナイタグラで、あれがシバヤスグラと言う。あっちが少し高いんだ」

「ソウジホーとか、グラってなーに？」

山に詳しくはないはずの山口が尾瀬ヶ原をじっと見ながら、呟くように説明する。

「二つの耳を持つ峰だから双耳峰というんだね。

嵓《くら》というのは、屏風のような岩壁。岩のことを昔は嵓といったんだな。

俎《まないた》嵓《ぐら》に火打ちの時に使う鍛冶《かじ》バサミのような残雪が見えるから、燧ヶ岳の名前が付いた。

それにしても、素晴らしい、感服するね」

「おー、詳しいべ」

芝安嵓《しばやすぐら》の左下には尾瀬ヶ原が広がり、その先には至仏山が円い温和な容を見せている。

美和子は更に左の尾瀬沼も、眺めながら、茂たちに呟く。

「燧ヶ岳には尾瀬沼が、至仏山には尾瀬ヶ原があって、こちらは、ピラミッドのように鋭くて、至仏はお椀を伏せたように、優しいのね。この二つの山が尾瀬を育てて守ってきたのね」

「まるで、夫婦のようで、羨ましいくらいだね」

尾瀬沼の向こうには白根山《しらねさん》を中心に男体山《なんたいさん》などの日光連山が見え、左に目を移すと、会津駒ヶ岳《あいづこまがだけ》がすぐそばだ。

さらに左には越後駒ヶ岳《えちごこまがだけ》、平ヶ岳《ひらがたけ》、巻機山《まきはたやま》、苗場山《なえばさん》、谷川岳《たにがわだけ》。

至仏山の左には浅間山《あさまやま》、武尊山《ほたかやま》、皇海山《すかいさん》、そして日光白根に戻る。

「今日は、良く見えるべ。会津駒は今頃、ハクサンコザクラが沢山咲くだら」

「え、駄洒落？」

「駒の山頂から中門岳《ちゅうもんだけ》への稜線に沢山咲くんだ、見えねぇか？」

「稜線の花はいくらなんでも見えないだろう」

下りは、北の御池《みいけ》に向かう。ハイマツ帯を過ぎるとダケカンバの林だ。樹林帯を抜けると熊沢《くまざわ》田代《たしろ》の湿原に出る。

池塘のまわりには、キンコウカが名前の通り黄金に輝く花をつけている。

振り返ると燧ヶ岳の山頂が、ここからは丸くみえる。村越が山口に問いかける。

「登るときとは違う優しさがあるわね」

「南側は男性的で、こちら側は大きくゆったりしているね。燧ヶ岳は男だな、至仏山に向かって颯爽と威厳のある姿を誇らしげに見せている」

「至仏山は蛇紋岩で滑るから登るのが大変、燧ヶ岳は大きな岩が立ちはだかって大変。この違いも面白いわ」

黒沢が口をはさむ。

「いやぁ、あの双耳峰が元気に突っ立ってるところ見っと、まだまだ若いな」

男子たちの大きな笑い声につられ女子も含み笑いする。

広葉樹の中の急な下りを終えると、広沢田代《ひろさわたしろ》の池塘を過ぎ、御池に着いた。


尾瀬から戻り、数日後、両国の川開きが行われ、花火大会があった。

茂は妹の加代子や近所の子供たちにせがまれて、両国橋《りょうごくばし》に行った。

橋のたもとや川に浮かぶ舟には人々が鈴なりである。

もとより、橋の上は警察が規制していて、既に満杯である。橋の上流の土手に漸くわずかな余地を見つけ、ござを敷く。

打ち上げが始まり、菊や牡丹の花のような丸い割り物や、柳のような引き物、威勢のいい鳴り物が続き、両岸にこだまする爆発音の合間に「鍵屋ー」「玉屋ー」の声がかかる。

子供たちは、烏賊《いか》の丸焼きやかき氷を頬張りながら、空を見上げる。

やがて向かい岸にはるかな仕掛け花火が点火され、滝のように流れ落ちる火が隅田川の波を照らす。

今日一番の大玉が上がると、静寂が訪れ、闇が街灯を包み込む。

終わりを覚《さと》って、人手が散り始めた。

茂たちも、まだ宴を続けている人々の席の間を抜けて、蔵前橋《くらまえばし》通りに出た。

肩が触れ合うほどの混雑をやり過ごそうと道端の射的《しゃてき》の夜店を子供たちに眺めさせる。

蔵前橋の方から、流れてくる人ごみに、浴衣姿の美和子がいる。

気が付いた茂は、近づいて声を掛けようかと思ったが、その途端、美和子が男と二人だけで歩いているように見えた。

他に連れがいる様子はない。

男は美和子が「徹男さん」と呼んでいた、広瀬屋の若い男に背格好が似ている。

二人は楽しげに話しながら近付いてくる。美和子は微笑みながら、時々男の顔を覗きこんでいる。男も楽しそうだ。

茂は、咄嗟に射的屋の横の隙間に隠れ二人をやり過ごした。

八月の半ばになり、月遅れ盆の時期を迎えた。

人々が帰省した町は閑散としていた。

茂は日中の残暑に飽きあきし、夕暮れ近く、不忍池を渡る秋めいた風を求めて、店を出ようとした。

すると通りを彷徨《さまよ》うように、左右の店を探りながら、山口秀夫が歩いてきた。

「おーい、山口さんじゃないですか。どうしたんです、こんな所で」

「あ、吉村君、良かった。なんだここかい、君の家は。大体この辺だと聞いていたので、探してたんだよ」

「そうでしたか、わざわざ、私のところに来てくれたんですか」

「うん、例のシナリオをまだ渡してなかったから、持ってきたよ。是非読んでくれたまえ」

茂は池之端が涼しいからと山口を誘い、藤棚のベンチに座り、早速読み始めた。

山口は露店でラムネを買い、飲みながら団扇《うちわ》を仰いでいる。

台本はト書きから始まっている。

「孝之は晩秋の午後、村の小川に沿った土手に日を浴びながら座っている。川の浅瀬に水音が響いている。

〈ナレーション〉

秋風が花を咲かせている萩の葉を揺らす音も時々聞こえる。

『二十一才の孝之は一年半の療養からわずかながら持ち直し、医師に勧められ、故郷である伊豆修善寺の商家に戻っていた。

とはいっても、完治したわけではなく、家族は不治の病に対する近所の眼を憚り、孝之を離れに幽閉するように住まわせていた。

小春日和の今日、孝之は土手に座り、雲や山や川の流れを眺めていた』

〈モノローグ孝之〉

『雲が風にあおられて、湧き出て来ては消える。

俺はあの雲だ。

そして風であるテーベーに支配されてゆくんだ。

ちきしょう、なんだか胸が痛い。病気の痛みじゃない。

ちきしょう、座っているのに身体がふらふら揺れる』

〈ナレーション〉

『テーベーとは独語で結核の事である。

孝之は、徴兵検査で結核が見つかり、休学し療養したが、絶望の淵に追い込まれていたのである。

つるべ落としの秋の夕暮れは次第に冷気をもたらすが、孝之は座ったままである』

カラスが鳴いている。兄嫁の明子が畑で抜いた夏まきの長葱を抱えながら、下駄を鳴らし通りかかる。

〈明子〉

『あら、孝之さん、こんな時間に。だいぶ冷えますから体に毒ですよ。どうしたんですか。さあ、帰りましょう』

〈孝之〉

『ああ、お姉さん。何だか、ぼーっとしちゃって。本当に馬鹿ですね。病気なのにこんなことをしていてはひどくなるばかりだ』

孝之が痰の絡んだような咳をするが止まらない。明子がそばにより、背中をさする。

〈明子〉

『ここの景色が気に入ってるんですね。昔からの遊び場ですものね』

〈孝之〉　せき込みながら呟き
『子供じゃないのに、いい加減にしなければいけないですね』

〈明子〉

『え、さあ、立てますか？』」

茂は、飲み干したラムネのビー玉をコロンコロンと鳴らしている山口の横顔を見つめた。

視線に気が付いたらしく、微笑をかえす。

「吉村君、僕はもうシリアスではないから、気にしなくていいよ。

それより、放送劇の予算は準備できるのかね」

「そうですね、特効薬が効いたのですね。

予算はどうかな、あまり無いんじゃないですか。

放送研究会の会長にこの件を相談したら、是非やりたいが、安上がりにしようと言ってましたから」

「安上がりとは言っても、効果音も作らないといけないし、録音もしておきたいよね」

「録音か、去年日本製の録音機が発売されましたけど、確か十五、六万円はしたと思うけど」

「公務員の年収より高いね」

「うーん、買わないで借りることを考えましょうか」

「それにしても、先立つものが必要だ」

「よし、どうにかして稼ぎましょうよ」

「働くか、いや、ちょっと待てよ。そうだ何か音楽会とか演芸会とか興行して、切符を売るのはどうだい。有名な芸人をよんで、大学でやるんだ。講堂を借りればいい。設営はみんなでできるし、いいだろ。そうだそうしよう」

「興行？　何をやりますか？」

「誰か呼べる芸人はいるかな。灰田勝彦《はいだかつひこ》、美空ひばり、無理か。そうだ、寄席だ。そこに寄席があったな」

山口は御徒町の方を指差した。

「寄席？　ああ、じゃ講談、浪曲、落語。それなら、伝手がありますよ。当たってみましょう」

「本当かい、そりゃーいい。何か楽しくなってきたな。前祝いでもやるか」

二人は近くの天ぷら屋に行き、冷えたビールを飲みながら、葉が付いたままの谷中生姜《やなかしょうが》に味噌をつけてつまむ。小指ほどの鮮かな紅の生姜は、水分が多く辛みはおだやかだ。

付け台の奥ではパチパチと油がはじける音が響く。

主人は二代目だが、茂とは同年代の息子もいるので顔見知りである。

旬なのでいいのがあがっているといって、メゴチの刺身が出た。

真っ白で繊維質のあるきめ細かな身で、ヒラメに負けない。

天ぷらは小茄子《こなす》、茗荷《みょうが》。

莢隠元《さやいんげん》はサクサクとして緑の味がする。

白ギス、車海老、そしてメゴチが続く。

興行の準備や芸人の評判やら話が盛り上がって、小海老のかき揚げの天茶漬けでしめた。

茂は東尾貞運に相談に行った。

演芸界で、既に大御所になった貞運は、最高の名人と評判の高い落語家を紹介してくれることになった。

この落語家は旧旗本家の息子だが、遊びが過ぎて勘当され、芸を志した。

当初は落語だけでなく講談もやっていた。

このとき貞運の弟弟子であった。

しかし講談では一向に芽が出ず、落語に絞る。

大正の末には真打ちになったが、あまり売れず赤貧生活が続いた。

戦争中、同僚と共に満州巡業に出かけ、そのまま終戦を迎えたが、しばらく帰国できなかった。

引き揚げてからラジオにも出演し、人気落語家になった。

既に六十歳を超えていたのだが、それまでは噺《はなし》よりも大酒呑みの落語家として名が売れていた。

しかし、貞運は戦前から、彼の芸を高く評価していた。

貞運は、頼みに行くときは、酒を持って行けと忠告した。

「一升瓶位は朝飯前に飲んじまうからな」

茂は山口と相談し、千駄木《せんだぎ》の落語家の家にリヤカーに二斗樽を積んで引いて行った。

暮れ時の縁側で涼んでいた落語家は、二人を見ると訝しげに言った。

「今日は、酒は注文してねえよ、と言いてえとこだけど、まあ、持ってきちまったんならしょうがねえ、預かってやろうかい」

「いや、実は、一席、高座をお願いに来ました」

上目づかいに二人をじっと見ると、仰いでいた扇子で合点がいったように膝を叩いた。

「ははーん、するてぇと、学生さんかい。話は聞いてるよ、貞運師匠から。なんだって、池之端の草履屋さんの倅ってえのは、あんたかい？」

「へい、さいでござんす」

つられて、つい下町弁になる。

「文学部ってえから、どんなおたんこなすかと思ったら、樽を持ってくるとは気が利いてんじゃねえか。

ほい、ここへあげな、暮れ方になっておし様もお隠れになる時分だ。

早速、ごちになろうかね。

おーい、湯呑み持って来い、でーこんかなんかあったな」

山口が用意しておいた桝《ます》をすかさず差し出す。

「お、こらー、ぐええいい」

茂は樽の下部の腹ぼし栓に呑口をつける。

「おい、おっかあ、塩だ、塩もってこい」

おかみさんが、塩と漬物と大根の煮物をだす。

「さぁ、おめーさんたちもやっとくれ」

こぼれんばかりに注いだ桝をぐいっといきなり飲み干した。

「あーあ、うめえ、のど乾いちまって」

「あの、実は、今度大学で、日本の伝統芸能に……」

「なーに四の五のごたくはいらねえょ。

こちとら、噺家なんだから、やぼなこたあいわねぇ。

貞運師匠に頼まれたんじゃ二つ返事で、へい承知しましたってなもんだい。

さ、さ、どんどんやってくれよ」

「へい、いただきやす」

「話変わるけど、山口さんだっけ、あんたも草履屋の同級生かい、ちーとばかり老けてるようだけど、あっちぃこっちぃ、兵隊でも行ってたかい？

文学部ってえのはなんだ、本ばっかり読んでのかい？」

「肺病で療養してました。薬のおかげで治りました。将来は物書きにでもなろうかと」

「そうかい、そらーよかった。

戦争が終わって、みんないい塩梅になってきたってもんよ。

てえへんだったからな、しっかきまわされちゃってよ」

もう三杯目である。

二斗樽と言えば一升瓶二十本分である。

そのうち噺家の息子や住み込みの弟子たちも加わって、夜半まで飲み続けたが、さすがに空にはならなかった。

二人はしたたかに酔い、リヤカーを置き忘れて帰った。


大学は夏休みだったが、とりあえず在京のメンバーで落語興行と放送劇の準備に取り掛かった。

文芸部と放送研究会の共催で、女子短大も加わる。村越と北原も参加している。

第一回の打ち合わせの後、茂は村越と大学を出て駅へ向かいながら、尋ねた。

「両国橋の川開き花火大会に行ったとき、広瀬さんを見かけたけど、アベックで楽しそうだったよ」

「美和子が？　吉村さんと一緒じゃなかったの？」

「何言うんですか。知ってるんでしょ」

「うーん、多分、徹男さんでしょ。短髪で二十八歳位の割と背の高い人よ」

「そう。恋人？」

「えー、内緒だから言ったらだめよ。美和子の旦那さん……」

「なんだって、結婚してたのか？」

「……になるかもしれない人よ、将来」

「え、婚約者？」

「なんでも春日部の刃物屋の次男で、広瀬屋に修業で来てるらしいんだけど、美和子のとこ女三姉妹で跡取りがいないじゃない。

だから婿にとる予定みたいよ。お父さんが乗り気らしいわ」

「そうですか……」

茂は村越から顔をそむけて、動揺をかくした。

「あー、やっぱり言うんじゃなかったかな。

でもね、まだ正式に決まってはいないみたいだから。

美和子もなんか迷ってるみたいだし。

間に合うかもしれないわよ、ね」

「間に合うって、何が……」

「私ちょっと寄る所があるから。じゃぁ、失礼します。さようなら」

改札口の前で、そそくさと去っていく村越を見送りながら、茂は、やはりそうだったのかと思った。

山手線に乗っていると「やっぱりだめだ」と独り言が不意に口を衝いて出る。

隣席で夕刊を読んでいた勤め人風の男が、茂の顔を横目で見た。


家に戻り、いったん書き上げた「日本古典概論」の課題レポートを開いた。

「百人一首の任意の一首について、歌および作者を解説せよ」というものであった。

茂は九十一番の藤原良経《ふじわらのよしつね》を選んだ。

レポートを読み直す。

《○九十一番

「きりぎりす　鳴くや霜夜《しもよ》の　さむしろに
　衣かたしき　ひとりかも寝む」
○作者
後京極摂政前太政大臣《ごきょうごくせっしょうさきのだいじょうだいじん》
○出典
百首の歌奉りしとき　新古今集巻五・秋下
○歌意
こおろぎが鳴いている霜のおりた寒々とした夜、むしろの上で着物を着たまま片袖を敷いて、独りで寝るのだろうか。
○鑑賞
本歌取りの一首である。
「あしびきの　山鳥《やまどり》の尾の　しだり尾の
　ながながし夜を　ひとりかも寝む」
（柿本人麻呂《かきのもとのひとまろ》　百人一首三番）
「吾が恋ふる　妹《いも》は逢はずて　玉の浦に

衣かたしき　ひとりかも寝む」
（万葉集）

「さむしろに　衣かたしき　今宵もや
我を待つらむ　宇治の橋姫」
（古今集）

「さむしろに　衣かたしき　今宵もや
恋しき人に　あはでのみ寝む」
（伊勢物語六三段）

時代を追って柿本人麻呂から始まる四首が本歌と推定される。
いずれも恋の歌だが、この歌は、「秋の霜の降る夜の独り寝のわびしさ」を述べるにとどまっているると解釈される。
しかし作者は本歌取りにより、恋人か妻への思いを踏まえていることを意図した。
後鳥羽院の正治二年（一二〇〇）初度御百首《しょどごひゃくしゅ》の際の歌であるが、何年か前に最初の妻が死去したとの推定があり、また、再婚していることから、誰を対象に詠んだかは不明。

本歌の四首のなかでは、柿本人麻呂の歌に主旨は近いと読めるが、【霜夜のさむしろ】は庶民の生活感をなぞらえている。

一方、人麻呂の歌は【あしびきの　山鳥の尾のしだり尾の】という表現に、秋の山と独りでいる山鳥の情景があることから、こちらの方が恋情が強調されている。
○作者解説
本名、藤原良経は関白藤原兼実《かねざね》の子（一一六九年～一二〇六年）

官位、後京極摂政前太政大臣
摂政・太政大臣になったが三十八歳で死亡した。

建永《けんえい》元年（一二〇六年）三月のある夜、寝所で何者かに天井から槍で刺し殺されたという。

『新古今集』にかかわる恨みという説もあるが詳細不明。

後鳥羽院の信任厚く『新古今集』の撰者で、仮名序を書いた。

歌のほか漢詩文や書にも秀で、特に書道は天才で、その激しく強みを加えた書風は、のちに「後京極流」と呼ばれた。

なお、百人一首選者の藤原定家も『新古今集』の選者のひとりであり、本歌取りの名手でもあった。

また、定家は新古今の選歌について不満があり後鳥羽院の不評をかったと、言われている。》

茂は、これでは、良経の死に定家が関わったように書いているかなと思い、削ろうかと迷った。

何気なく百人一首をパラパラとめくっていると、十四番が目に留まった。

「みちのくの　しのぶもぢずり　誰ゆえに

　乱れそめにし　われならなくに」

源《みなもとの》　融《とおる》の作である。

「陸奥の乱れ模様のように誰のせいで思いが乱れたのか、私自身のせいではない」

じっと見つめていると、次第に言葉が重なって、気持ちが揺らいでくる。

「陸奥―尾瀬、乱れ模様―山の残雪模様、源融―徹男、これはメタファか、いや違う。

暗示か。黙示か。

いずれにしてもこの歌は、あまりにも当てはまってるな……」

大学が始まり、黒沢も故郷から戻ってきて、準備は順調に進んだ。

会場の手配や設営・進行手順の計画、宣伝、前売り切符の販売など、授業の傍ら打ち合わせしながら忙しく取り組んだ。

いつしか茂は、美和子のことを忘れた方が良いのだと自分に言い聞かせていた。

落語興行のポスターに黒沢が落語家の写真を入れようと言い出した。

茂と二人で高座に行き、黒沢が撮影した。

現像が済んで、出来上がった写真を山口と三人でポスターに入れ、版下を作った。

黒沢が、現像したフィルムの中に、尾瀬山行の写真もあった。

山口が気付いて、問い詰める。

「何だよ、尾瀬の写真を忘れていたのか？　二か月も経ってるじゃないか」

「いや、まだフィルムが残っていたので、現像していなかったんだ。すみません、忘れていたわけではないんだけんど」

尾瀬沼や小屋、山頂、池塘のコントラストのきいた景色の前で、みんな楽しそうに映っている。

黒沢が焼き増しするから、皆で集まろうという。

山口も、準備で忙しいけど一息入れようといい、宴会をすることになった。

大学の近くにある寿司屋に集まり、思い出話に花が咲いた。

美和子がまた行きたいと言う。

「もうすぐ紅葉でしょ。ねぇ、どこが良いの、黒沢君」

「そうだなぁ」

「広瀬さん、この秋は、企画があってね、ちょっと大変なんだ」

山口が興行と放送劇の説明をする。

「わー、楽しそうね。切符買うわ。劇は誰が出るの、吉村君も出るの？」

「うん」

村越が引き取って配役を美和子に言う。

「まあ、素敵ね、私も聞きたいわ」

「是非、聞きに来てください。俺はナレーションやっから」

「黒沢君、やっからじゃ、ナレーターは務まらないわよ、しっかり標準語でね」

「いや、村越さんは厳しいべ、じゃなかった。厳しいご指摘です、精一杯努力いたします」

「そうそう、その調子」


帰りの電車は途中で何人かが下りていき、茂は美和子と二人きりになった。

美和子はまた写真を出し眺めている。

上野駅に着き、広小路口を出る。

夕方の混雑はとっくに終わり、人通りもまばらだ。

都電のいない電停の街灯だけが明るい。

茂は所在無げに、立っている。

美和子が見つめる。

茂が小さな声で「じゃあ」と言うのと同時に美和子が、

「送ってくださらないの？」

と少し怒ったように言う。

「えっ」

「じゃいいわ、さようなら」

美和子が踵《きびす》を返して歩きはじめる。

茂は、広がっていく距離を感じて、あわてて追いかける。

「待って、ごめんなさい。行きましょう」

美和子が立ち止まり、ゆっくり振り向いて待っている。

茂が追いついて、歩きはじめる。

明るい街灯を過ぎると、二人の影が前に伸びていき、やがて闇に消え、次の街灯の光が射してくる。

少し冷えて静かだった路上を、浅草から都電が、花道に登場する役者の様に、鐘を鳴らしながら進んでくる。

室内灯が、車掌と数人の客を照らしている。

都電が走り去ると、また足音だけが響く。

左手を見上げると、北極星をはさんで柄杓星《ひしゃくぼし》とカシオペアが向かい合っている。

美和子も見上げる。

「先週のお月見は綺麗だったわ。今日はもうだいぶ遅いのにまだ出ないわね」

「うん」

「どうかしたの、疲れてるの？

何だか別人みたいですね」

「そうですか、別に」

「今日は、何もお話ししてくれないのね」

「え、うーん、そうだね、あの、寄席は良く行くの？」

茂が尋ねたことには答える間も無く、美和子は前から近づいてきた人影に声を掛けた。

「あら、徹男さん、どうしたの」

「遅いから、そろそろ戻るかと思って」

街灯を背にしている徹男の表情は、よく見えない。

微笑みながら、眼を見開いているようだ。

「まあ、迎えに来てくれたの」

「最近、物騒だからね。送ってもらったのかい？」

「そうなの、吉村さん、池之端の草履屋さんの」

「こんばんは、中山といいます。せんだってお見舞いに見えた時お会いしましたね」

「こんばんは、その節は失礼しました」

近付いてきた徹男に、茂は気圧されるように感じた。

「お店で勤めてらっしゃるんですか？」

「ええ、まあ。

じゃ、どうもありがとうございました」

「吉村君ありがとう、さようなら」

「あの、いいえ、失礼します」

二人は軽く会釈して、遠ざかる。

茂も会釈を返し、帰り始める。

背後から美和子の笑い声が聞こえる。

茂は振り向くが、二人は街灯を過ぎて闇に溶けていく。

落語興行は盛会だった。

演目は、長屋住まいの、仕事も無く借金だらけのわびしい独り者が富籤《とみくじ》に当たる話であった。

枕は、大学だったので、「寄席は学校じゃねぇんだ。間違えたって、直したりしちゃいけねぇ。そのまま通しちまうんだ。いいもんだよ。今日も間違えるかもしれねぇ」などと名人は笑いをとった。

噺の筋は知っていたが、まったく飽きない。

主人公の独り者は、年の暮れに、飲みすぎて失敗し、仕事を失ってしまうが、大家になけなしの一分で富籤を買わされる。

神棚に札を供えて、皮算用をめぐらせながら一升酒をあおって大いびき。

数時間後、半鐘の音が町に鳴り響く。

首になった商店のあたりが燃えているというので手伝いに行き、大奮闘するが火事見舞いのお酒を飲み過ぎてベロベロになってしまう。

また何処からか鐘の音が聞こえて、今度は自分の長屋が、燃えてしまう。

数日後、富籤の抽選を通りがかりにみるとなんと焼けてしまった富籤があたっていた。

泣く泣く長屋に帰ると、近所の大工が火事の時、布団と釜と神棚を出しておいたという。

千両富の当たりは、神様のおかげということで、落ちは「へえ、これも大神宮様《だいじんぐう》のおかげです。近所にお払いをいたします」

年末に行われる神棚の厄除《やくよけ》祈祷《きとう》御祓《おはら》いと、主人公の近所への借金返済払いを掛けている。

この噺は日本語の言文一致体を一代で完成させ、近代日本語の祖とまで言われる明治の大落語家の創作であった。

名人の酒を呑む仕草は普段の地でお手の物だし、次第に酔って呂律《ろれつ》が回らない時のしゃべり、寝込む様子なども、本当に飲んでるんじゃないかと思うほどであった。

また、会話や表情も絶妙で、火事場へ駆けつける様を表す座布団の上だけの動きも秀逸である。小道具や効果音はない純粋な話芸だが、醸《かも》し出される臨場感が、観衆の耳目を引き付ける。茂は流石の高座に笑い転げ、ため息が出るほど感服した。

稼いだ入場料で、マイクやスピーカーを買い、電器屋に頼み込んで録音機を借りた。

放送劇の台本読みを始めたが、茂は、五十分弱の出番で、独白も多い主役にうまく馴染めない。

舞台ではないから、見かけは関係ないが、茂の柔和な雰囲気は、結核で致死の状態の主人公とはかけ離れている。

山口も気が付いたようだが、我慢しているのか、口には出さない。

だが、村越が、はっきりと告げた。

「吉村君には、この役は合わないんじゃないかしら」

「そうなんだ、実は自分でも、そう思っていた」

急遽、演劇部に応援を頼んで、代役を立てた。

劇は、間もない死を予感した主人公が、看取る家族に言葉をかけられながら、病床で蝉の鳴き声を聞いているシーンで終わる。

カーテンをひいた教室で、放送された公演は、前衛的な面もあり、聴衆はまちまちの評価であった。


録音を担当した茂は、一通り片付けを終え、放送研究会の部室から出て、門に向かった。

校内の銀杏並木の下のベンチに村越と美和子がかけている。

気付いた時にはもう目の前で、避けようもなく、挨拶をした。

「こんにちは。吉村君、主役じゃなかったの？　楽しみにしてたのに、どうしたの？」

「こんにちは、いやぁ、あのシナリオは僕には無理ですよ。変わってもらったんだ」

「そうなのよ、ほら、吉村君はハンサムで明るいし、鬱屈したところは微塵《みじん》もないからね。美和子も、合わないと思うでしょ」

「そうよね、聴いてみたら確かにそう。

王子様みたいに素敵なんだから、合わないわよ」

「あらまあ、美和子ったら、随分大胆ね」

「敏子だって」

「そうだ、私、用があったんだ。

じゃ、美和子、また連絡するから、さようなら」

「え、さようなら」

部室の方に足早に戻っていく村越を美和子は見送っている。

「どうかしたのですか?」

「いえ、用があるなんて言ってなかったのに……。

落語も面白かったし、放送劇も色々企画して楽しそうですね。

大学っていいわね、みんな好きなことをできるのね」

「確かに、やりようによっては、楽しい。

落語の儲けで今回の劇の費用を賄ったから、お金もかからなかったし」

黄色の葉が落ちてきて、美和子は枝を見上げる。

「また、劇とか何か企画してるの？」

「今のところはないので、一段落かな」

「みんな、山は行かないのかしら？」

茂は立ち上がり、門の方へ向く。

「そろそろ紅葉がいいだろうね」

美和子もついてくる。

「茂さん、丹沢《たんざわ》に行ってみたいわ」

茂は初めて名前で呼ばれたことに気が付いた。

飛び去った文鳥が戻ってきたように感じ、いや手の上にいるのは自分かもしれないという猜疑心が芽ばえ、白い頬から耳にかけて紅潮した。

美和子が近寄ってきた嬉しさと、将来を約束している男がいるのになんだという反感を、反芻《はんすう》しながら黙って歩いていく。

美和子の歩みは遅くなり、距離が開く。

どこの庭にあるのだろうか、金木犀《きんもくせい》の香りがする。

「待って」

足を止めた茂に美和子が何か読み上げるように言う。

「めぐりあひて　見しやそれとも　わかぬまに」

茂は不意を突かれ、思わず美和子を見つめる。

切れ長の眼が光っている。

微笑みながら尋ねるように小首を傾《かし》げる。

茂は漸く思い出して答えた。

「雲がくれにし　夜半の月かな」

百人一首五十七番、紫式部である。

「王子様がお月様？　わかったわ、敏子ね」

後ろめたい様子はなく、むしろ何故か嬉しそうである。

わかったというのは、徹男とのことを茂が知っていることに気が付いたのだろうか。

「そうだ、筑波山行きましょ、ね、いいでしょ」

肩透かしを食ったようなまま思わず肯《うなず》く。

「そ、そうだね」

「いつ行きます、今度のおやすみに？」

「うん、いいよ」

敏子の話はどういうことだったのだろう。

半信半疑のまま、茂は美和子の澄んだ視線を受け止めた。

「じゃ、僕もお返しだ。

秋風に　たなびく雲の　絶え間より」

茂は、雲の切れ間から射しこぼれるすがすがしい月光を詠んだ七十九番を採った。

「もれいづる月の　かげのさやけき」

美和子は、茂が心の雲が晴れたと言っているのかと誤解した。


十一月の筑波山には紅葉狩りの客があふれていた。

神社の参道沿いに人だかりができている。

ちょん髷《まげ》を結い、たすきをかけた袴《はかま》姿の男が、ガマの油売りの口上を演じていた。

「サァーサァーお立ち会い、御用とお急ぎで無い方はゆっくりと聞いておいで、見ておいで、遠目山越し笠のうち　聞かざる時は物の出方善悪黒白がとんと判らない。

山寺の鐘がゴーンゴーンと鳴るといえども、法師きたって鐘に撞木《しゅもく》をあたえなければ、鐘が鳴るのか、撞木が鳴るのか、とんとその音色が判らない。

サテお立ち会い　手前ここに取りい出したる陣中膏《じんちゅうこう》は、これ『がまの油』　がまと言ったってそこにもいる、ここにもいると言う物とは物が違う」

もとより、二人は浅草の縁日や寄席の前座で何度も聞いていたので、珍しくはないが、周りの客の弾ける様な笑い声につられて、しばし聞き惚れる。

筑波山神社の東側から白雲橋《しらくもばし》コースで女体山を目指す。

ブナ、モミジ、ミズナラ、カエデ、ウルシなどそれぞれが色を競っている。

約三千年の歴史を持つ筑波山神社で並んで祈願する。

境内から右に進み、民家の横を抜けて白雲橋登山口へとりつく。

酒迎場《さかむかえば》分岐までは歩きやすい。

木漏れ日が射す針葉樹の森がなんともいえず心地良い。

酒迎場で白雲橋コースと迎場コースに分岐し、さらに薄暗い森を進む。

白蛇が住むと言われる、「白蛇弁天」に着く。

「本当に白い蛇がいたのかしら？　見ると金運が巡って来るんでしょ」

「親父が昔、白蛇を見たことがあると言っていたよ。こないだの落語の主人公もみたのかも」

大きな岩と踏まれて磨き固められた木の根や土が歴史を物語る。

弁慶茶屋跡地の分岐のベンチで休憩して、しばらく登ると「弁慶七戻り」の岩のトンネルをくぐる。

今にも落ちてきそうな迫力に、「弁慶さえも恐ろしくて、行こうか戻ろうかと七回も後ずさりをした」と言ういわれを想うと、岩の合間から差し込む光が神秘的だ。
「どうやってこの岩は支えられているのかしら？　本当に岩が落ちそう」
美和子は見上げながら、戻ってもう一度くぐる。
続いて「母の胎内《たいない》くぐり」にもぐる。
修験の行場で、岩をくぐり抜けることで生まれた姿に立ち返るといわれる。
「昔に戻れる？」茂は漠然と思いながら中をくぐった。
更に行くと、高さ十メートルを超える巨大な二つの石が寄り添っている「陰陽石《おんようせき》」だ。
神々が行く地方を割り振ったとされる「国割り石」。
山頂が鋭角に尖った女体山が見えはじめると「出船入船石」。
幅の広い板状の岩が二枚、船が港に出入りするように立っている。
短い鎖場を越え、きつい傾斜を登ると女体山に到着した。
「巻雲《すじぐも》が高くて、気持ちいいわ。関東平野が広いわね」
「八百七十七メートルしかないけど日本百名山なんだよ。
それだけのことはあるね。
ガマ石がこの辺だったよね。ガマの油売りの口上を考えたっていう」
女体山《にょたいさん》と男体山の間の御幸ヶ原《みゆきがはら》で、昼食にする。

おむすびは梅干しとおかかと海苔の佃煮、魔法瓶に入れてきた焙じ茶が温かい。沢庵《たくあん》をつまむ。

人が多いので、せっつかれるような気がして、昼食を終えてしまう。

「男体山に行きますか」

「はい」

登っている間は気が付かなかったが、美和子は何かぎこちない。

ここまで、二人とも当たり障りのない話ばかりだ。


ケーブルカー沿いに木々の中をゆっくり下りていくと、上りと下りのケーブルカーがすれ違う。

やがて宮脇駅に着くと、黄色く紅葉したカエデが駅を取り囲むように枝を広げている。

バス亭は長蛇の列なので、一本あとに乗ることにして、広場の端で待っていると、霞ヶ浦が見える。

右手には房総半島と東京湾も望める。

「浅草はあの辺かしら」

「そうだね、多分あの辺が木場だろうから、その手前だよね」

「敏子の言ったことは、本気にしないでね」

「え、どういう事?」

「何も決まっていないし、そんな話は出たこともないし、第一、私はまだそんなこと考えていないし、せんにね、敏子が家に来たとき、徹男さんを紹介したら、そのあと敏子が冗談で言ったのよ、私がはっきり言わなかったから、いつのまにか思い込んじゃって、全然そんなことはないのよ、本当よ」

溢れだした言葉が止まらない。


茂は、筑波山を歩く間、もう、今回で終わりにしなくてはいけないと自分に言い聞かせていた。まだ、働いてもいない自分が、美和子の事を考えても詮無い事だ。

中山徹男は、婿入りを約束されているのだろう。

あの老舗の大店なのだから、親も跡継ぎの事をしっかりと決めているはずだ。

父親の眼鏡にかなっているのだろう。

美和子は何を考えているのかわからないところがある。

明日にでも、話が決まるかもしれない。

親の期待を裏切ることは簡単ではない。

無理な話だ。

曖昧に感じていたことが、次第に雲が晴れるように明らかになった。

勉強に打ち込んで、しっかりと学生生活をおくろう。


そう決めかかっていた心が、美和子の言葉で、また煽られた。

「茂さん、誤解よ」

「ああ、そうなの、でも……」

それは無理だろう、二股はやめたほうがいい、そう言いかけたが、美和子に見つめられ言葉をのんだ。

バスが満員の客を乗せてゆっくりと坂を下っていく。

積み残しの客が並んでいる停留所に、臨時バスが来た。

列に並び、乗り込んだ。

何も言わないまま駅についた。

帰りの列車も混雑していた。

利根川を渡るころには、車内に夕陽が差し込み、赤みがかる。

美和子の白い額も耳も頬も、朱色に染まっている。

茂は、横顔を見て、いとおしく感じたが、迷いを断ち切るように、窓の外の夕焼けに視線を移した。

茂は、年明けに始まる試験に備えて勉強に打ち込んだ。

新年を迎えると、美和子から賀状が来た。

辰の絵をあしらって、謹賀新年と書いてある。

さらに余白に一首書いてある。

「ありま山　ゐなの笹原　風吹けば
　いでそよ人を　忘れやはする」

五十八番、紫式部の娘である大弐三位《だいにのさんみ》の作だ。

そよそよと風になびく笹原の情景に、男の揺れ動く心と自らの心細い気持ちを込めている。

冷たい相手に対する恨み言もある。

二十二番の文屋康秀《ぶんやのやすひで》を選び返事をだした。

「吹くからに　秋の草木の　しをるれば
　むべ山風を　嵐といふらむ」

情緒をはさまない自然描写の歌である。

しいて言えば嵐に吹かれ、翻弄された心持ちである。

そのまま、年度末の試験を終え、大学は休みに入った。

四月になり、茂は二年生になった。

四月九日の午後、日本航空のマーチン二〇二「もく星号」が伊豆大島で墜落したという新聞の号外が配られた。

茂は帰宅して、開局したばかりのラジオ東京と日本文化放送協会を互い違いに聞いていた。

前年に火災で焼失した軍談席の寄席が一週間前に再建され、柿落《こけらおと》しで東尾貞運が出演した際に、来週八丈島に飛行機で興行に行くと言っていたのである。

ラジオは、もく星号は海上に不時着し、全員無事と伝えていた。

正三と千代もそれを聞き、安堵した。

朝鮮戦争特需で好景気に沸き、駒正も売り上げを伸ばしていたが、なんといっても商売の恩人である。

しかし、翌朝、もく星号は三原山に墜落していたのが発見され、乗客乗員三十七人全員死亡と伝えられた。

正三は、ＮＨＫラジオの臨時ニュースを聞き、とりあえず寄席に行った。

楽屋に入ると、貞運の弟子がいた。

「師匠は、もく星号に乗ってたのかね。えらい事だ。どんな具合だね」

「あー、これは駒正さん。それがね、新宿寄席で穴が開いて、師匠が急に頼まれて高座を受けて一日ずらしたんですよ。

だから、予定を変えたもんで助かったんです。

まぁ、師匠は何と運のいいことか。やっぱり生まれ持った星が違うというか、悪運が強いというか」

「こら」

そばにいた兄弟子が頭をひっぱたく。

「そうでしたか。そりゃー良かった。

九死に一生を得たね。

陰徳《いんとく》あれば必ず陽報《ようほう》ありだね。

一大事と思ったが、よかった」

四月二十八日にはサンフランシスコ講和条約が発効した。連合国は日本の主権を承認し、「戦争状態」が終結した。

五月一日には、血のメーデー事件が起こった。

GHQによる占領が解除されて三日後の、メーデー集会は、「警察予備隊の再軍備反対」と「皇居前広場の開放」を決議した。

いったんは日比谷公園で解散したデモ隊の一部のおよそ二千五百名が、警官の阻止を突破し、駐留米国軍人の自動車十数台に投石して破壊しながら皇居前広場になだれ込んだ。

デモ隊と警察が衝突し、流血の惨事となった。

デモ隊側は死者一名、重軽傷者約二百名、警察側は重軽傷者約七百五十名、外国人負傷者は十一名に及んだ。


茂は、日本が保守と左翼の対立のなか、復興が進むのだろうかという漠然とした疑念を持ちながら、古典と語学を中心に勉学に励んだ。

山口秀夫は二年になり、上級生より年上のこともあり、文芸部委員長になった。

学内で文芸誌を主宰し、自作の短編を掲載していた。

川端康成や梶井基次郎に傾倒し、ますます創作に熱中していた。

茂は夏休み直前に講義で久し振りに山口に出会った。

山口は旧制高校時代の先輩にあたる新進作家を訪ねたことを話した。

戦後文学の旗手として、注目を集めていた売り出し中の作家である。

「彼も六年前学生時代に、川端康成を訪問したことがあるそうだ。

紹介してくれた人が川端康成に『まだ学生なのに生意気なのがいくかもしれん』と伝えたらしい。

なにしろ、『君は文学者になりたいのか、文壇人になりたいのか』という紹介者の質問に『有名作家になりたい』と答えたというんだ。

だが川端康成は、彼の短編をほめて、今も師弟関係らしいよ。

彼は執筆しながら、高等文官試験を受け、大蔵省に入り、その後も小説を書いた。

だが、過労で渋谷駅のホームから線路に落ちた。

大事にはならなかったが、事故をきっかけに役所をやめた。

三年前にでた、同性愛を扱った小説は君も読んだろう。

あれで一流作家の仲間入りさ。

去年の十二月から、新聞社の特別通信員として半年間、世界一周旅行へ行ったそうだ」

いつも冷静な山口にしては珍しく、興奮気味である。

「で、山口さんは作品を持って行ったのですか?」

「うん、まあね。学生から就職して二足の草鞋を履くのは、君大変だよと言われたよ。

志望があるなら、早く思い切ったほうが良いとね」

「山口さんどうするのですか、作家一本で行くのですか?」

「まあ、そう簡単ではないと思うが、僕は一度は棺桶に片足突っ込んだ体だ。悔いのないようにやるさ」

山口は人生を賭けるものを見つけている。

茂は、嫉妬した。

自分には、何があるのか、文筆で飯を食うつもりはない。

教師か放送局か、どんなことに価値を求めているのか。

自分は現実を見つめず、逃げて来たのではないか。

商売を継ぐこともなく、本当に意味のある人生を手に入れることができるのか。

美和子の気持ちにも逃げただけではないのか、いや、あれは違う、所詮手が届かない。


何も変わらないまま、時が過ぎ、年が明けて、茂は二年生を終えようとしていた。

試験があったが、講義をとっていたはずの山口は来ない。

文芸部に行ってみた。

部室にはこちらにも在籍している村越敏子がいた。

消息を聞いた。

小説に夢中で、講義を受けなくなったし、必修科目の体育の単位を取る体力もなくなっている。さらに学費を長期滞納しているので、大学を除籍になるという。

「そうなのか、退学してそのあとはどうする予定なのかな?」

「お兄さんの経営する会社に入社するつもりみたい。でも、働くのかどうか、分からないわ。とにかく、朝から晩まで執筆してるから」

「え、どうして知ってるの」

「実はね、今、一緒に住んでるの」

村越敏子の瞳は大きく輝いているように見える。

「本当、全然知らなかったよ。村越さんは就職は?」

「私も作家になろうかと思っているの。まあ、洋裁とか内職みたいなことはするけど」

「へぇ、じゃ結婚するのですね」

「さあ、どうかな」

「とにかく、送別会をやりましょう」

黒沢と相談して、落語興行や放送劇に携わった仲間とハイキングのメンバーを募った。

例の寿司屋に懐かしいメンバーが集まった。

山口が挨拶する。

「三文文士《さんもんぶんし》にはならない。

日本の歴史を作りながら、生き抜いてきた人たちを僕の手で描く。

この国には素晴らしい沢山の先達《せんだち》がいる。

彼らを時の流れに埋もれさせない。

そしてこれからの日本を背負う人たちに知ってもらう、そんな小説を書いていくつもりだ」

気迫が皆を圧倒する。

「それから、せっかくの機会だから発表しよう。僕は村越敏子さんと結婚します」

送別の席が、一気に盛り上がった。

敏子の眼がうるんでいる。

隣に座っている美和子が敏子の両手を握る。

北原淳子が挨拶して、新設のラジオ局のアナウンサーになるという。

黒沢が祝福する。

「おめでとう、僕も、行くから楽しみにしておいてください」

「まあ、立派な標準語が板についてきたわね」

村越がほめる。

「そうでしょう。もう、ズーズー弁とは言わせませんよ」

門出を祝う楽しい会になった。

お開きになり、六人で近くの喫茶店に入った。

席につくと、村越が隣に座った。

しばらくすると向かい側の黒沢と北原と美和子は、ラジオドラマの「君の名は」の話に夢中になった。

村越が茂に顔を寄せてささやく。

「吉村君、お詫びをしておきたいの。

私が誤解して変なことを言ったから、あなたは避けたのね。

ごめんなさい。すこし、けしかける心算《つもり》もあったのだけど。

あなたは誰にでも優しいし、感情に左右されることはなく、実に冷静なのね。

でも、それではいけないこともあるわ。

美和子はまだ、待っているのよ」

「いや、でもそれは……」

山口も額に垂れた前髪をかき上げながら、口をはさむ。

「おかめ八目だけれどね、君は明鏡止水のように見えるが、心は千々に乱れていないかい？

僕は自分を信じて生き抜くことが一番だと思う。

燧ヶ岳に行ったとき、その決心がついた。

思い出すと懐かしいな」


帰りの山手線で美和子と二人きりになった。

右に曲がるカーブで、車輪がレールをしのぐ音が響く。

対向電車が来て、風圧で窓がガタンと鳴る。

並んで腰かけた座席から夜景を見ていると、トンネルに入り、二人の姿が鏡のような窓にぼんやりと浮かぶ。

美和子も窓に映った茂を見ているようだ。

「敏子は苦労するかもしれないけど幸せそうだったわ」

「広瀬さん、村越さんも誤解だと言ったけど、徹男さんとの事は、ご両親は、もう決めているのでしょう」

「そんなことはないわ」

「いや、ご両親はちゃんと計画していると思うよ」

「だって、話も出ないし、何も進んでいないわ」

「しっかりと跡を継いでほしいんでしょう。

いい店だし、親孝行だよ」

「親孝行って、じゃ、茂さんはどうなの。

お店はどうするつもり、それこそご両親はどう思うの。

勝手よ、私にばかりそんな事言って」

「それとこれとは……」

「同じでしょ、勤め人になるの？　それとも学校の先生？　お父様の素晴らしい草履は、嫌いなの」

茂は返す言葉がない。

車窓の外のネオンが走馬灯《そうまとう》のように過ぎさって行く。

しかし、走馬灯のように戻ってはこない。

美和子が呟くように言う。

「ごめんなさい。

あなたにはあなたの生き方があるのね」

車内放送が「次は上野」と告げる。

山口の言葉が甦《よみがえ》る。

「自分を信じて生き抜く。悔いはない。燧ヶ岳で決心がついた」


茂は不意に美和子の手を取った。

「謝るのは僕の方だね。」

駅を出て、手を引いて不忍池に行った。

新月の晩で星だけが輝いている。

「本当にいいのかい?」

「大丈夫、家の親は無理は言わないわ。それに佐和子も和歌子もいるし」

二歳ずつ離れた妹たちである。

暗闇の中、萱《かや》が風にそよいでいるようだ。

つながれたボートがぶつかる音が響く。

茂は右手で美和子のうなじを抱き、唇を重ねた。


美和子はよく、駒正に遊びに来るようになった。

正三も千代も、商人の娘ということもあり、また無意識に相手を引きつける人懐っこい美和子の性格を気に入った。

好奇心が旺盛な美和子は、茂をそっちのけで正三に草履の話を聞く。

そのうち、茂が大学に行って不在の時も、客に品物を届けたついでだと言って、立ち寄るようになる。

いつしか、正三たちは、美和子の訪問を期待するようになっていた。

半年ほどたった秋の夕方、千代が夕飯の支度をしていると、勝手口から美和子が中を覗いた。

「こんにちは」

「あら、美和ちゃん、どうしたの、そんなとこに突っ立っていないで、早くお上がんなさいよ。まあ、今日は可愛いの着てるわね」

コスモスのような、白地にピンクの柄のカーディガンを羽織っている。

「家で、お客さんに松茸をたくさんいただいたの、折角だから香りのいいうちにと思って持ってきました」

「あら、こんなに。

ああ、本当にいい香り、ありがとう。

良かったの、お宅の分はちゃんとあるの」

「ええ。大丈夫ですよ。酢橘《すだち》も持ってきました」

「まあ、いつも気が利くわね。

じゃ、焼いて、土瓶蒸しも作りますね。

美和ちゃんも一緒に夕飯いいんでしょ。

お父さん、ねえ、美和子さんがこんなに松茸を、ほら」

見せに行く千代について、店頭に行き、挨拶する。

「おお、これは立派な一物だなあ」

「やだ、そんなこと言うと美和子さんに嫌われるよ」

店先を一台の自転車が走り過ぎた。

通りしなに乗っていた男が、覗いたような気がした。

正三が、下駄を突っかけて表に出て、走り去った方を見たが、もういない。

店に戻った正三に千代が尋ねる。

「どうかしたのかい、お客さん?」

「いや、なんだかさっきから行ったり来たりしてるような気がして」

美和子は、聞き流したものの嫌な予感がした。

「ねえ、美和ちゃん、ちょっと頼まれてくれる。鳥もも肉と海老と銀杏《ぎんなん》買ってきて。松坂屋の斜向《はすむ》かいの『よろず屋』に行けばあるから」

中央通りを渡る信号を待っていると天神下の方から、自転車が一台、目の前を通り過ぎた。徹男である。美和子には気が付いていない。

やっぱりそうだったかと思いながら、美和子は走って通りを渡った。

夕飯の支度を手伝って、出来上がったころ茂が帰ってきた。

「やあ、来てたね。

今日はいいレコードが手に入ったから、聴こうか」

「なになに見せて」

「『巴里《パリ》のアメリカ人』だよ、今ロードショーやってるけど、曲は戦前にできていたんだ」

食事が終わり、茂のお手製のスピーカーでジョージ・ガーシュインの傑作を聴いた。

「やっぱり、いいなあ、モダンだよね。

二十五年も前の曲だよ」

「ええ、あのね……」

「うん、なに?」

少し俯きながら、美和子は徹男が店の前を自転車でうろついたらしいことを話した。

「後をつけているのか、いくらなんでもひどいな、話をつけてやる」

「ちょっと待って、やめて」

「何故？

なんだい、やっぱりそうなのか」

「何をいってるの。そうじゃないわ」

「なにが？」

「徹男さんも、きっと中途半端な立場で迷っているのよ、悪気はないと思うわ」

「そうかあ」

「変なことする人ではないもの」

「だけど……」

「とにかく、やめてね」

美和子は都電に乗り、帰っていった。

見送って、店に戻ると座敷で夕刊を読んでいる正三に呼び止められた。

「どうしたんだ。喧嘩でもしたのか、なにやってんだ」

端《はな》から美和子の味方である。

「おとっつぁん、違うよ」

千代も側で聞いている。

茂は顛末を話した。

「潮時じゃないのかい」

「そうだよ、乗りかかった船なんだから。

こういうことはね、待てば海路の日和ってわけにはいかないよ。

腹を決めなきゃいけないいんだよ、ねぇおまえさん」

急須の出がらしを黒銅のこぼしに流し、新しい茶葉を入れながら千代が言う。

「母さんの言うとおりだよ、美和ちゃんが可哀想だろ。

下手の考え休むに似たりだ」

「なんだよ、二人して」

「なにかい、茂、お前は遊びのつもりなのかい」

「そんなこたあねぇよ」

「ほっとくと潮目が変わっちまうてぇこともあるしな。

なんとかと秋の空って言うからな」

親に二人かがりで責められて、立つ瀬がない。

「わかったよ、まったく」

そういいながら満更でもない。

茂が二階に上がると、夫婦は入れなおしたお茶をすすりながら、してやったりと顔を見合わせてにやにやした。

「だけど、なんだな。壬申生まれは美形が多いって言うけど、本当にいい子じゃないか」

「まったく、男は美人に弱いから。

あたしは、好き嫌いがもっときついのかと思ってたけど、しっかりしてるよ。

普通の子はつけてきた男のことを庇ったりしないよ。

きっと茂は尻に敷かれるね。

まあ、ひとつ年上の女房は金《かね》の草鞋を履いてでも探せっていうくらいだから」

「さすがの俺でも、鉄の草鞋は作ったことはないやね。手間が省けるってもんだ」

「でもねぇ、どうするつもりなんだろ」

「なにが?」

「店は継ぐのかね」

「その話は、今日はやめろ」

平安時代の七三〇年（天平二年）に創建された神田明神《かんだみょうじん》は、祭を九月十五日に行っていたが、慶長《けいちょう》五年のその日に徳川家康が関ヶ原の戦いで勝利したことから、将軍家は「縁起の良い祭礼」

として末代まで祭礼を行うよう命じた。

以降、神田明神は江戸の総鎮守《そうちんじゅ》として人々の崇敬《すうけい》を集めた。

福徳円満、縁結びを授けてくださる神さまとして親しまれている。


茂は、十月になり、美和子の両親を訪ねることに決めた。

あらかじめ、美和子を誘って、神田明神にお詣りした。

鈴を鳴らして参拝を終え、境内を散歩しながら、茂は美和子に告げた。

「美和子さんのご両親にちゃんとご挨拶をしたいんだ。こんどお宅へ伺っていいかな」

「ちゃんと？」

「結婚を前提にお付き合いをしたいとお願いしようと思って」

「え、ほんとに……。

親にご挨拶をしていただくのは、とても嬉しいわ」

「お許しがもらえれば、卒業したら君と結婚したい。結婚してください」

美和子は秋空に伸びている境内の桜の枝を見上げてから、茂に向き直り答えた。

「はい」

茂は美和子と手を繋いで、二人で桜を見上げる。

お互いに息遣いが伝わる。

美和子の頭が茂の肩にもたれかかる。

「将来の事を聞かれるかもしれないわ」

「将来？　卒業したらどうするかっていうこと？」

「そう」

「まだはっきり決めてないけどなあ、放送局か、新聞社か、教師か……、それとも……」

「茂さんは、仕事を通じて何かやりたいことはあるの？」

「そうだなあ、日本の文化をもっと盛り上げる様なことができるといいな」

「文化？　例えば？」

「伝統を大事にして、もっと発展させる。ラジオで日本中の人たちが楽しめるようになるとか。この国の歴史はすごい文化を作ってきたから、例えば和歌と文学も素晴らしい。歌舞伎や落語とか、工芸品もそうだよね、陶磁器とか。例のお金では手に入らないってやつが沢山あるね」

「なるほどね、いいわね。

あ、そういえば、茂さんの好きなものを聞いていなかったわ、教えて」

「古典ではやっぱり百人一首かな、源氏とか万葉集もいいけど。

趣味では蓄音器《ちくおんき》とスピーカーを作ること。

ジャズは最近、エラ・フィッツジェラルドとが気に入ってるんだ。

絵はルノワール、ジャンルが広くて、画風も随分変化してるんだけど、どれもいいなあ、本物を見たいよ。

町は上野。食べ物は天ぷらが好きだね、隠元がいいね」

「ふーん、素敵ね。

家はどういう家族とか、夫婦が好き？」

「妻は花嫁よりも尊い。

古女房が一番てぇ噺知ってるかい？

こないだＮＨＫで『芝浜《しばはま》』やってたんだよ。

夫婦の人情話としては最高だね。あんなかみさんがいて、好きな仕事に打ち込めたらいいだろうなと思ったよ」

「芝浜と財布と酔っ払いの三題噺ね。あのおかみさんも旦那をきっと尊敬してたのね」

『芝浜』は、腕はいいが酒好きで飲みすぎて失敗し、さっぱりうだつが上がらない魚の行商をしながら裏長屋で貧乏に暮らす夫婦の噺である。

その日も女房に朝早く叩き起こされ、嫌々《いやいや》ながら芝の魚市場に仕入れにいったが時間が早過ぎ誰も居ない。

芝浜で顔を洗って煙管《きせる》を吹かしていると、足元の海で大金の入った財布を見つける。

有頂天になって自宅に飛んで帰り、飲み仲間を集めて大酒を呑む。

翌日、二日酔いで起きたら、女房にこんなに呑んで支払いをどうすると責められる。

拾った金のことを言うと、女房は、そんなものは知らない、お前さんが金欲しさのあまり夢に見たんだろうと言う。

主人は家中を引っ繰り返して財布を捜すが、どこにも無い。

愕然として、女房の言い分通り財布の件を夢と諦める。

つくづく身の上を考えなおした主人は一念発起、断酒して死にもの狂いに働きはじめる。

三年後には何人か使ういっぱしの店を構え、生活も安定し、身代も増えた。

その年の大晦日の晩、主人は妻の献身に感謝し、頭を下げる。

すると、女房は例の財布を見せる。

実は、長屋の大家と相談し、財布を役所に届け、「財布なぞ最初から拾ってない」と言いくるめる事にしたのだと説明する。

落とし主が現れなかったため、役所から拾い主に財布の金が下げ渡されたのであった。

魚屋は、妻を責めず、むしろ道を踏み外しそうになった自分を助け、真人間へと立ち直らせてくれた妻の機転に強く感謝する。

妻は懸命に頑張ってきた夫の労をねぎらい、久し振りに酒でも、と勧める。

はじめは拒んだが、やがておずおずと杯を手にする。

「そうだな、じゃあ、呑むとするか」といったんは杯を口元に運ぶが、ふいに杯を置く。「よそう。また夢になるといけねえ」

というオチである。


「妻を尊いと思うのと同様に、妻も夫を信じて尊敬する気持ちがないと、お互いに欠点探しをしたり、干渉しすぎたりするわね。

私の両親も、お互いに、相手と少し距離を置いているように感じることがあるわ」

「干渉しないことと、無関心になることは違うと思う。

空気の様な存在でも、肝心の時にはいつもすぐ側にいるよという安心感が大事かな」

「私は、小さいころから両親を見てきて、夫婦がいつも一緒にいるのってとてもいいなあと思っているの。

だから、私も、いつも旦那様の側で暮らしたいなあ。

家でじっと一人で帰って来るのを待つのなんか、寂しくていやだし」

「え、それって……。つまり、店を継ぐってこと?」

「それが、一番手っ取り早いわね。

それに、お父様の草履って本当に素晴らしい。日本の伝統文化そのものよ」

「家《うち》の草履?」

「母が、一足誂えてもらったの。知らなかった? 母も最高だって言ってたわ」

「そうかあ」

「母はああ見えても、着物とか履物とかに結構うるさいのよね。

あんなに気に入ったの初めてじゃないかしら。私も、一足欲しいわ」

「親父に頼んでおくよ」

「ううん、茂さんが作った草履をはきたいわ。

あら、易断《えきだん》があるわ、引いてみる?」

境内に立てられた易断売りの板に並べられた干支《えと》から癸酉《みずのととり》の易断をとり、たたまれた紙を開いた。

茂の干支の易断には、まさに将来を左右することが書かれていた。

貴方は、人から認められ世間からも持てはやされ大切にされる性格である。

聡明で理論に強く、人を育てる能力も天下一品。

個人主義者、独立精神旺盛、勢いもある。

見た目の儚い美しさとは裏腹に立派な度量も兼ね備えているため、時には周りが驚くほどの決断力と実行力を見せる。

興味のあることには、飲食を忘れて没頭する。

「能ある鷹は爪を隠す」といった感じである。

品性が知性に伴わないところがあるが、一途な誠実さを買われ信頼される。

派手さがないわりに異性にモテる不思議さを持ち、浮気が本気になって修羅場になる可能性もあるので注意が肝心である。

記憶力抜群で、長ずるにつれ信仰心厚くなる宿命である。

元来独立自営の気概があるから、以上の諸点に注意し、独立開業すれば専心天賦の才をより発揮し、将来には成功し幸福に恵まれることが出来る。

希望　順調に進んでいる。手を抜いてはいけない。

結婚　充分に先方を理解されたら早い方が良い。

仕事　自分から強く出ると損をする。相手の動きをよく見極めることが必要。契約事は空転しやすいので注意。

健康　食べ物、食べ方に注意すれば他は心配無い。

読み終わった茂は、性格や能力についてあたっていると思い、何か宿命が書かれているような気がした。

「どう？　見せて。なになに、うわー当たってるわね。すごい。あら、モテるからって浮気しちゃ駄目だって。ふーん、やっぱり」

「やっぱりって何が？」

「独立開業で成功して幸福になるって」

「読んだよ。君は引かないの」

「うん、いいの。ふふふ。それより、やっぱりお店を継ぐのが一番いいのね。茂さん、そうでしょ、ね」

「うーん、そうだなあ……」

茂は歩きながら、易断をもう一度読み返した。

易断を結ぶ紐が張ってあったが、その前も読みながら通り過ぎた。

美和子を電停まで送り、店に戻ると、女性客が二人、正三と何か話している。草履の格や、色の好みの移り変わり、着物との取り合わせなど、作業の手は休めずに、問わず語りで話しているようだ。

客は興味深げに肯いたり、相槌《あいづち》をうったりして、楽しそうである。

千代がお帰りと言う。

「あら、美和ちゃんは帰っちゃったの」

「まだ、嫁さんじゃないよ」

「えー。

あらまあ、まだ、ね。

明神様はどうだった?」

「どうって」

「何か、いいことがあったかい」

「仏様のお椀で、金椀、かなわん、かなわんわい」

「なにゴタク並べてんだい、変な子だよ」

夕飯の後、茂は正三と千代に、広瀬の両親に会いに行くと告げた。

「なんだ、どうしたんだ。

この間の件かい、茂よ、まさか喧嘩腰なんてこたぁねぇだろうけど、何の話に行くんだ?」

「おとっつあん、おっかさん、このへなちょこが、美和子さんを嫁に貰いたいんだが、許してもらえますか」

「何だって!

そうか、そうかい、その件で挨拶に行くのか。

許すも何も、
とうに、そんなこたぁ、
はなっから……、
何言ってやんでえ、この野郎」

「おまえさんこそ、何を言ってんだよ」

「やかーしい、許してくれとよ」

「よかったよー、めでたいよー。

まあ、茂に嫁が来るなんて。

まして美和ちゃんなら、娘にしたいくらいだもの」

二人とも、あとは言葉にならない。
千代は前掛けで目を押さえている。
正三も顔を横に向けて、目をぬぐったようだ。
「こりゃーよかった、良い話じゃねーか。
そうか、やっとその気になったか。
おっと、茂、あちらさんはでぇじょうぶなのか」
「うん、わりーようにはならねえと思うよ」
「あらまあ、忙しくなるよ。
式は明神様でやるんだろ。いつにするんだい。
仲人は誰に頼むのかね」
「おっかさん、ちょっと気がはえーなあ」
千代は立ち上がって壁の日めくりの暦をめくっている。
「ちょっと待ちな、広瀬さんとこにはいつ行くんだい。
え、大安に行かなきゃだめだよ」
「わかってるよ」
「まあ、千代、一本つけてくれ。

加代子はどうした、おーい、ちょっと下りてきな」

大安の日がきて、茂は広瀬屋を訪れた。

詰め襟の学生服に革靴である。

店の前に着くと、店頭で中山徹男が何か作業をしている。

茂に気が付いて、表に出てきた。

また前回と会った時と同じように、微笑んでいるが目を見開いて挨拶した。

「こんにちは」

「こんにちは、お疲れ様です」

徹男は何かを思案気に、茂を見つめる。

「吉村さん、ちょっと……」

深く息を吸って言いかけた徹男の言葉に美和子の声が重なった。

「あら、来てたのね。こっちこっち」

住まいの玄関に回る。

茂が美和子に付いていきながら振り返ると、徹男はこちらをまだ見ている。

客間の座卓をはさんで両親に向き合った茂は、後ずさりして、畳に手をついた。

それを見た両親は顔を見合わせ、父親の広瀬武夫が口を開いた。

「吉村さん、まあ、そんなに肩肘《かたひじ》張らずにざっくばらんに。ご挨拶と聞いてますが」

「はい、有難うございます」

軽く息をついて畳に両手をつく。緊張して目をしばたたく。

「早速ですが、実は、他でもない美和子さんの事です。

不肖《ふしょう》わたくし吉村茂は、美和子さんと結婚を前提にお付き合いをさせて頂きたく、ご両親に正式にお許しを頂きたく、本日はご挨拶に伺いました。

是非ともよろしくお願いいたします」

頭を下げる。

「え、草履の件かと思ったら……」

「お父さん」

母親の和子が座卓の陰で、武夫の腕をつつく。

武夫は咳払いを繰り返した。

「結婚を前提って？　ということは将来結婚させてくれということ？」

「はい、私はもちろんその心算でございます」

「もちろんって？」
武夫は傍らに座っている娘の表情を見る。
美和子は微笑みながら、軽くうなずく。
脇の妻の顔も見る。
和子は黙ったまま、茂の背後の割菱《わりびし》をつないだ組子欄間《くみこらんま》を見上げている。
武夫はまた咳払いを繰り返したまま、何も言わない。
妹の佐和子がお茶を出しに入ってくる。
表情を窺いながら茶器をそれぞれに置いていく。
有田焼だろうか、青地に五弁の小さな白い花に舞う水色の蝶が描かれている。
濃い臙脂《えんじ》の桜花の形をした菓子盆には、切り分けられた芋羊羹《いもようかん》と竹楊枝《たけようじ》が載っている。
武夫は蓋をとり茶をすする。
佐和子が退出するが、何も言わない。
「粗茶ですが、召し上がって」
和子が茂に勧める。
「いただきます」
ゆっくりと蓋を取り、静かに茶を口に含む。

漸く、武夫が話し始める。

「吉村さん、足を崩してください。あなたは、確か、文学部の大学生でしたね」

「はい、三年です」

「ということは、まだ二十一？」

「いえ、一月生まれなので、年が明けると二十一になります」

「再来年に卒業ですか。仕事の予定は？　文学部だと新聞社とかが多いのかな」

「教員や出版社、新聞社、公務員になる人が多いですが、私は……」

「あなたは？」

「私は、店を継ぎます」

「大学を出て？　仕事しながら小説でも書くのですか？」

「いいえ、親父が始めた店をしっかり引き継いでいきます。

どこまでできるかわかりませんが、いつか父親を超える履物を作ります」

「しかし、なんでまた大学まで行って職人の道に進むんですか？」

「あなた、失礼よ」

「おまえは黙ってなさい」

「お母さん、構いません。お父さんがおっしゃるのも当然です。

私は、大学で日本の古典文学を勉強しています。

そこで学んだ事が、履物屋を継ぐ決心に結び付きました。

例えば、古今集から百人一首の十七番に選ばれている在原業平《ありわらのなりひら》の歌、

『千早ぶる　神代もきかず　竜田川
　からくれなゐに　水くくるとは』

これは、屏風絵を題に詠んだものですが、この世のものとも思えないほど華麗な、竜田川を流れる紅葉を、豪華な絞り染めに見立てて色彩を表しています。

業平は六歌仙《ろっかせん》の一人で八十首以上勅撰和歌集に選ばれるほどの歌人でしたが、定家がこの歌を選んだのは、やはりこの華麗な色彩溢れる一首を捨てがたいものと考えたのでしょう。

私は千年以上も前の歌が、今も日本の人たちに愛されていることは、とても素晴らしいと思います」

「うん、確かにそうだね」

「もちろん百人一首だけではなく、多くの和歌や物語や音楽や美術や工芸など、挙げれば限《きり》がないほど、この日本には豊かな文化芸術があります。

草履は日本の生活に密着した工芸品です。

実用的なだけではなく、錦絵《にしきえ》や水墨画、金や漆《うるし》工芸、染織《せんしょく》、陶磁器などの日本の美しさに通

じるものもなきゃいけない。

だから芸術品だと思います。

誂えるということは、一人ひとりのお客様にあった、色や形が必要です。

お履きになる方の心持ちもわからなければいけないし、どんな時にお使いになるのかもお聞きします。

正式なもの、普段使いのもの、それぞれに合わせた粋や遊びも加えます。

また、ご本人だけではなく、周りの方がみても、佳いと感じていただくものでなければいけません。

もちろん履物ですから長持ちしなければ駄目です。

私は古典を勉強して、日本の文化をしっかりと伝えていく仕事がしたいと思いました。

ですから、教育や出版、放送などの仕事が良いかなと考えていましたが、他人の物を伝えていくのではなく、自分が担い手になることこそが本当にやりたいことなんだと気が付きました。

いいえ、美和子さんに気付かされました。

灯台下暗しですね。

大学で学んだ日本文化を履物づくりに生かして、ただの飾り物ではない、生活に馴染む文化芸術品を作りたいと考えています」

「そうですか。なるほど。うーん」

「私が誂えていただいた駒正の草履が素晴らしい理由がよくわかったわ」

「なるほどね。うーん。

吉村さんのご両親が羨《うらや》ましいなぁ、こんな立派な跡継ぎがいるなんて」

「いや、お父さんのような立派な腕の方に、生意気にもいっぱしの事を言いましたが、雑巾がけからやります」

「え、あーそうですか。

うーん、わかりました。

そうですね。

門前の小僧習わぬ経を読むとはいうが、職人てぇのはね、どんな名人でも限がないからね。大変だよ。

ほら、競馬にはゴールがあるから、そこまで突っ走ればいいけど、職人の技にはゴールがない」

「山にも頂上はありますが、仕事には頂上がない」

「そう、そうです、その通り。

いや、それにしてもしっかり考えられましたなあ。

なるほどね……。

和子、ちょっと喉が渇いたなぁ、なんだか柄にもなく緊張しちまって」

「はい、お茶ですか」

「ビールでいいじゃないか」

「ちょっと待ってお父さん、私の事はどうなったの、お許しが出たのね？」

「ああ、そうだったな。

うーん、ちょっと気になるなあ」

「あなた、なに、あの件？」

「いや、あっちはいいんだ」

「じゃ、なんですか？」

「在原業平って随分もてたらしいじゃないか。

吉村さんも色白でいい男だしなぁ」

「お父さん、何を言ってるの。ふざけないで」

「あなた、失礼よ」

「ごめんごめん、もちろん冗談だよ。

吉村さん、いたらぬ娘ですが美和子をよろしくお願いします」

「ありがとうございます。

こちらこそよろしくお願いします。

『世の中は　何か常なる飛鳥川《あすかがわ》
　昨日の淵ぞ　今日は瀬になる』

という具合で、人生何があるかわかりませんけど、一生懸命やります」

「美和子、これでいいかな」

「お父さん、ありがとうございます」

失礼しますと言って、佐和子がビールを運び入れる。

三女の和歌子も手伝っている。

「なんだ、お前たち、随分手回しがいいじゃないか。立ち聞きしてたな」

「いいのいいの、さ、お父さんどうぞ」

佐和子が父にビールを注ぎ、美和子が茂に注ぐ。

二才違いの三姉妹が揃うと華やかである。

乾杯のあと、茂は落語の話や大学の話を将来の妹たちに聞かせた。

美和子は母が席を立った後についていき、お勝手で尋ねた。

「あの件って何のことなの?」

「徹男さんのことだけど、心配しなくてもいいみたいなのよ。

こないだお父さんが話して、なんだかうまいことといくみたい。

渡りに船みたいよ」

「どういうこと？」

「徹男さんご本人も困っていたみたいなんだけど、佐和子が気に入ってるのよ。

佐和子もその気があるみたいだけど」

「えー、本当、気が付かなかったわ。

そうなの」

「あなたに遠慮してたのよ」

「そうだったの、可愛そうなことをしたわ」

「だから、ほら、佐和子もなんだか嬉しそうでしょ」

「まあ、よかったー。安心したわ」


「まいど、菊寿司です」と出前が届いた。

客間に出された桶には、江戸前の旬のネタが並んでいる。

鯛《たい》、エンガワ、マグロのヅケ、酢でメたシンコ。

蒸しアワビ、煮上げてツメを塗ったアナゴとハマグリ、茹でたタコとエビ、魚のすり身の入ったギョク。

武夫は、茂の落語や和歌の蘊蓄《うんちく》に相槌を打ち、和子は目を細めて聞いている。

美和子は嬉しそうに酒を勧め、椀も作った。


帰り道、電停まで送ってきた美和子が徹男と佐和子の事を茂に話した。

「えー、そうなの。なんだかいいめぐりあわせだったな。

よかった。僕たちが誰かを悲しませることはなかったということだね」


家に戻ると、正三と千代が待ちかねていた。

「随分遅かったね」

「首尾はどうだったい？」

「上々だよ、くすぐってぇ位だ」

「そうかい、そりゃよかったな」

茂は、両親の許しをもらったことと徹男と佐和子の件を伝えると、正座に座りなおした。

「なんだ、まだなんかあんのか」

「店を継がしてください」

「どうしたんだ、藪から棒に」

「いろいろ考えたんだが、おとっつあんの仕事を引き継ぐのが一番いいと思ったんだ」

「ちょいと待てよ、茂。

おまえ、俺達に気使って店を継ぐのかい。

親に遠慮して、いやいややるなんてぇのは、こっちが願い下げだ。

こちとら、じじいになっても腐っても鯛だから、倅様おねげぇですなんて……」

「そうじゃねぇんだ。一番いいと思ったのは、俺自身の仕事としていろいろ考えた結果さ」

「へ、なんだって」

「大学で日本の古典文学とか勉強したら、日本の伝統工芸を自分でやりたくなったんだよ」

「伝統工芸って、そんな大それたもんじゃねぇけど……。

そうか、まあ、お前がやりたいなら、それに越したこたぁねえから、いいよ」

「草履は実用的でなければならないし、美しくなきゃいけない。

だから芸術品だと思うんだ。

和歌とか物語を勉強して、詠まれたり書かれたことが、工芸にも影響を与えていることが分かった。

いろいろ感じたことを自分の手で、形にしていきたいんだ」

「おまえさん、なんだか嬉しい事ばかり続くね、気持ちが悪いくらいだね」

「そうだな、なんだかほっとして、気が抜けちまったよ」

「ほんと、だけど忙しくなるね、老け込まないどくれよ」


あっという間に時が過ぎ、大学卒業を迎えた茂は、桜がほころび始める三月の下旬、快晴の日に、美和子と結婚式を挙げた。

神田明神の境内を雅楽《ががく》の音色を先頭に、神職《しんしょく》と巫女《みこ》に続いて、二人は媒酌人の貞運夫婦と親族を従えて、赤い絨毯《じゅうたん》を踏みしめ社殿《しゃでん》まで参進《さんしん》する。

巫女が朱傘《しゅがさ》を二人にかざしている。

神前で清めのお祓いを受けると、神職が祝詞《のりと》を奏上《そうじょう》し、やがて巫女が祝いの舞を奉奏する。

誓杯《せいはい》の儀といわれる三三九度の盃を飲み交わす。

新郎新婦が神前に、誓詞《せいし》を読みあげ、結び石と言われる、白い石に二人が署名をして、神社へ奉納する。

さらに一緒に玉串《たまぐし》を神前にお供えし、二礼二拍手一礼する。

最後に式を司った神職がお祝いの挨拶をする。

式が終わると境内の会館に場所を移して、参加者一同で神酒《しんしゅ》を戴き神饌《しんせん》を食する直会《なおらい》である。

会場の扉が開くと半纏《はんてん》・股引《ももひき》姿の木遣師《きやりし》八人が二列に並び、提灯と金棒を持ち、「真鶴《まなづる》」「手古《てこ》」という木遣音頭を唄いながら入場する。

その後ろに、新郎新婦・仲人が続く。

テーブルをぬってゆっくりと歩きながら正面の席につくまで、「真鶴」の歌が波のように繰り返す。

声は林を抜ける風を想わせる。

「イヨー　オーオン　ヤールヨー

エー　ヨー　オー

ヨー　ヤーアレー　テーコー

コー　セー　イエー」

仲人の貞運が挨拶し、新郎新婦が樽で鏡割りを、木遣の声にあわせておこなう。

山口夫婦や、黒沢や北原も出席し二人を祝福している。

挨拶やら、余興が続き、最後は「千穐萬歳《せんしゅうばんざい》」というめでたい木遣と、三本締めでお開きとなった。

宴がおわり、客を見送ると春の日永も暮れて、夜の帳《とばり》が下りていた。

会館を出た正三はほろ酔いに心地よい風を受けながらつぶやいた。

「まさに春宵一刻値千金《しゅんしょういっこくあたいせんきん》だなぁ」

ゆっくりと湯島の交差点を過ぎ、不忍池に寄り道すると月が水面を朧《おぼろ》に照らしている。

「千代よ、苦労した甲斐があったってえことだな」

「まったくだよ、店を開いて二十六年も経ったんだね。茂が結婚したんだから」

なにか懐かしさを感じる濃艶な夜が更けていった。


茂は浅草の駒泉に修業に入った。

秀助は手代待遇に据えてくれたが、茂は丁稚の仕事も厭わずこなした。

新婚の二人は、元浅草の吉祥院《きっしょういん》の裏に小さな家を借りた。

家と言っても大家の敷地内にある離れである。

美和子は家事の傍ら、広瀬と吉村の家にもちょくちょく顔を出し、小まめに手伝った。

茂は愛妻の手料理を楽しみに毎日修業に励み、休みの日も駒正の店に行き、父親に指導を受け、技を磨いていった。

二人は幸せだった。

一年がたち、美和子は身籠った。

五か月目に入り、盛夏の戌《いぬ》の日に美和子は岩田帯を巻いて、茂と和子と共に、水天宮《すいてんぐう》に安産祈願にお参りした。

十二月になり、臨月を迎えた美和子は広瀬の家に戻り出産に備えた。

茂は駒泉で桐下駄に鼻緒を挿げていたが、陣痛が始まった連絡を受け、早仕舞いし日暮れの町を合羽橋に向かった。

低く雲をたれた師走の浅草は木枯らしが吹き、茂の身体はたちまち寒気に包まれた。

人々は外套の襟を立て、足早に歩いていく。

広瀬屋に着くと、既に陣痛の間隔が短くなっていて、助産婦がもうすぐだという。

茂は、枕元に行き、美和子の汗ばんだ額をなで、声を掛けたが、まもなく助産婦に追い出された。

武夫と食事をし、ラジオを聞いた。

歌謡番組は「若いお巡りさん」や島倉千代子の「東京の人よさようなら」三橋美智也の「リンゴ村から」「哀愁列車」など、流行歌を次々とながす。

「ケ・セラ・セラ」はヒッチコックの映画でドリスデイが歌ったのだが、日本語訳をペギー葉山が歌っている。

「子供が出来たら　そのベビーが聞きます

美しい娘に　なれるでしょうか
ケ・セラ・セラ
なるようになるわ　先のことなど
判らない　判らない
ケ・セラ・セラ」

それまで上の空で聞いていた茂はベビーという歌詞に反応した。

「お義父さん、女の子かもしれませんね」

「いや、家は女ばかりだから、せめて初孫は男がいいけどなぁ」

「嵐も吹けば　雨も降る　女の道よ　なぜ険し……」

大津美子の「ここに幸あり」が始まった途端、産声が響いた。

「よし、生れましたね」

武夫と茂は立ち上がり、奥の部屋に入った。

「女の子ですよ」

助産婦が長下着とおくるみにくるんだ赤子の顔を茂に見せる。

濃いピンクの肌に産毛が捩れていて、まだ頭は冬瓜《とうがん》のように縦長である。

しっかりとつぶった眼の下には鼻と口が集まっているように見える。

顔の中央が少しくぼんでいるようだ。

助産婦が頭までおくるみを伸ばしていたが、美和子に抱かせるときに、右側がめくれた。

右の耳の上部が内側に折れているのが、茂たちの目に入った。

助産婦はすぐに覆いなおしたので、美和子は気付かなかったようだ。

「さあ、産湯を」

そう言って、助産婦は、風呂場へ連れて行く。

佐和子と和歌子が赤子の顔を見て、はしゃいでいるのが聞こえる。

茂は美和子の手を握りねぎらいの言葉をかける。

風呂場について行っていた和子が襖をあけ、「ちょっと」と言い、茂を手招きする。

風呂場に行こうとすると、和子が茂を居間に連れて行った。

「落ち着いて聞いてね。

助産婦さんが言うには、もしかしたらちょっと障害があるかもしれないって」

「ここですか？」

茂は自分の右耳を触りながら尋ねる。

「それだけならいいんだけど」

「なんだ、どういう事だ」

武夫が顔色を変えた。

「平たい顔と折れた耳は、先天性の障害があることが多いらしいのよ」

「障害ってどんなことですか?」

「少し言葉が遅かったりね、内臓が悪かったりということがあるかもしれないのよ」

助産婦が、産湯を終えた赤子を抱いたまま、居間に入ってきた。隙間風が寒い。

「少し心配ですが、泣き声もしっかりしているし、体重も三キロはあるから、大丈夫だと思いますけど。

今日は私が付き添いますので、明日、病院に行きましょう」

茂は心に暗い雲が広がり始めるのを感じていた。

眼を瞑っている赤子を見る。

この子はどんな星のもとに生まれてきたのだろう、幸せに育つのだろうかと考えたが、あどけない寝顔は背負っているかもしれない重荷を感じさせない。

「原因はどういうことですか?」

武夫が徐《おもむろ》に尋ねる。

「今は良くわかりません。それに、障害があるかどうかもまだわからないのですから。ただ、千人に一人くらい出ることがあるのですよ。とにかく、初乳を飲ませて休ませましょう」

助産婦は奥の部屋にもどっていった。

「茂さん、美和子を助けてあげてくださいね」

「とにかく、病院に診断してもらうしかないだろう。しばらくは様子を見ることになるかもしれないが。ところで、名前は考えてあるのかね？」

「はい、女の子なら清子《きよこ》にしようと美和子と相談していました」

「由来は？　あー、清少納言かな」

「さすが、お義父さんよくわかりますね」

「すがすがしくていい名前ね」


美和子は、初乳をやりながら、折れた右耳を庇うように撫でていた。

両親と茂が入ってきて声をかける。

「よかった、めでたいなあ。それにしても家は女系家族だな。まあ、一姫二太郎だから、最初は女の子が育てやすいから」

美和子は軽くうなずくが、赤子をじっと見つめて、何も言わない。

授乳が終わり、助産婦が促して母子は休んだ。


翌日、浅草寺の裏にある総合病院に、助産婦と茂は清子を連れて行った。

小児科の医師は、清子を診察した。

全身の視診、触診を時間をかけて行った。

顔の形、目の位置、目と目の間隔、瞳の位置と向き、舌、首、指、手のひら、手足の筋力など細かく見ている。

聴打診も丹念にした。

診察を終えた医師が茂に告げた。

「この子は先天性の障害があると思われます。

ダウン症という病名です。

新生児なので、まだわからない所もありますが、今のところ心臓に障害があると思われます。

心室か心房中核欠損症、簡単に言うと心臓の内膜に穴が開いている状態ですが、その可能性が高い。心室の方だと思います。

穴の大きさがどのくらいか詳しく調べんと分からないが、自然に閉じることもあります。

また、致命的なこともある。

もうおっぱいは飲みました？

吐きませんでしたか？

そうですか、食道閉鎖はないだろう。

鎖肛《さこう》もないようですな。

お母さんは家にいるのかな。

とりあえず入院してもらいましょう。

お母さんも連れてきてください」

茂はうなずきながら、尋ねた。

「あの、ちゃんと育つのでしょうか？」

「何とも言えません。

子供が成長していく段階で、白血病や目の異常、甲状腺機能の異常がでたりすることがあります。

それほどではなくとも、基本的に体力が弱く、感染症への抵抗力が弱い、知能の発達が遅いなど障害が出ることがあります。

あまり出ない事もある。

何か変わったことがないかよく気を付けて育てる。

そして、一番大事なことは、慈しんで可愛がってあげることです。

しばらくは入院させて様子を見ましょう」


広瀬の家に戻った茂は、美和子と両親に医師の診断を伝えた。

美和子は頬に落ちそうな涙をぬぐうと、床から立ち上がった。

和子が心配する。

「美和子、平気かい？」

「神様から授かった大事な清子を大切に育てるわ。絶対に全力で育てるの」


出産から一か月入院が続いた。

茂は美和子とともに医師に面会した。

「多少、低緊張というちょっと体が柔らかいということと、斜視の症状は出ていますが、重大なものではありません。

授乳も順調ですから、体重も増えてきました。

退院させましょう。

ただし、油断は禁物です。

心臓の障害は現時点で間違いなくありますから。気を付けることをあとで説明させますので、ご両親でしっかり聞いてください」


母子は広瀬の家に帰った。

沐浴《もくよく》をさせると気持ちよさそうに、手足を動かす。

授乳するとよく眠る。たまに目覚めると、光るものや、動くものを見ている。

だが、泣き声は小さい。

美和子はやすらかな寝顔を見ていると、この子が大変な病気である事をひとときは忘れることが出来た。

いとおしく産毛をなで頬ずりをする。

清子がお腹にいる時は、自分の子どもにはこうなってほしい、ああなってほしい、と期待していた。

清子は今、自分の運命を何も知らず、ただ一生懸命大きくなろうとしている。

これから、海岸に打ち寄せる波のように辛い時や苦しい時が、繰り返されるかもしれない。

守ってやろう。

そして、この子の笑顔と成長を、楽しみに生きていこう。

美和子はもう一度、清子を抱きしめた。

茂が駒泉に修業に入り、二年がたった。

清子は生後四か月を迎えた。

駒泉の秀助は跡取りの英彦に、茂が一通りの勉強が済んだ事を見極めさせ、正三に修業を終えてもよいと告げた。

三月末の棚卸しを最後に、茂は駒泉をやめ駒正に戻った。

美和子と清子も同居することとなった。


美和子が台所で家事をしていると居間に寝かせていた清子がうなっている。

「うぅーうぅー」

あわてて、様子を見ると、まだ首も据わらないのに寝返りをした。

偏った発達なのだろうか。

体幹が強くなって、首が据わらないと、寝返りをして首を極度に曲げてしまうかもしれない。

やはり、片時も目が離せなくなってきた。

いつもの検診に連れて行った。

体重は五キロを越え、身長も五十八センチになった。

医師が尋ねる。

「息が苦しそうなことはありませんか?」

「少し、息苦しそうなことがあります」

「痰はでますか?」

「たまに出ますが、普通の色だと思います」

「心臓に穴が開いているので、血液が肺に流れて行って、肺に水がたまるのです。

なので、呼吸が苦しくなるのです。

まだ軽いようですが、少しおしっこが多く出るように薬を飲ませましょう。

それから、呼吸機能が低下すると、血液酸素濃度が下がり、皮膚や唇が紫色になるかもしれません。

よく気を付けていてくださいね。

もしそうなったら、すぐに病院に連れてきてください」

医師が自然に穴が閉じることもあると言ったことは、気休めだったのか。

悪い方に向かっているのだろうか。

美和子は強くなる不安を感じながら家に戻った。

布団に添い寝していると、手でおもちゃをにぎって遊んでいる。

美和子は話しかける。

「大丈夫だよ、いつもお母さんがそばにいるからね」

美和子が家事を手伝うことはほとんどできなくなった。

店は茂が手伝うので、やりくりはできる。

しかし、家族が増えれば主婦の負担は増す。

千代も忙しくなった。

面と向かっては言わないが、夜半《やはん》には、正三に愚痴をこぼす。

「まったく、可愛そうだけど、種が悪いんだか、畑が悪いんだか……」

「やめとけよ」

「天は二物を与えずとはよく言ったもんだよ、美和子はなりも心持ちもいいと思ったら、肝心の
……」

「やめろ」

階段で足音がして、正三は低い声だが強く諫《いさ》めた。

傍らの清子の寝顔をみていた茂は、勝手から湯冷ましを取ってきた美和子の見たこともない目

つきに驚いた。

「どうしたんだ」

何も言わず、茂に背を向けて清子に添い寝する。

「どうしたんだ、気分でもわりいのかい」

「気分、良いわけないだろ」

「なんだよ、なんか気に障るようなことをしたか？　なんだよ、言ってみな」

「どうせ、私は……、私のせいよ」

「何を言ってるんだ」

茂は美和子の肩に手をかけ、こちらを向かせようとする。

「やめて」

「なんだ、わたしのせいって。

お前、まさか清子の事を言ってるのか」

「いいの、私が悪いんだから」

「美和子」

茂は、美和子を後ろから抱き、肌を寄せる。

「美和子、そんな悲しい事をいわねぇでくれ。

俺たちの子だろ。

清子は俺とお前の子だよ」

美和子がゆっくり振り向くが、涙が布団にぽたぽたと落ちる。

嗚咽しながら、胸に顔をうずめた美和子を茂はただ抱きしめた。

駒正に戻って一ヵ月も経たないうちに、清子は息を詰まらせることが多くなり、痰も頻繁になった。

病院は痰吸引器を与えた。

体力が落ちているようで、泣き声も弱い。

授乳すると、痰がからんで、うまく吸えなくなってきた。

しかし、よく眠れたあとは、機嫌よく笑う事もある。

広瀬武夫と和子は、神社に詣でて祈祷した木札を持ってきた。

佐和子たちもお守り札や人形を携え、様子を見に来るが、苦しそうな清子を見かねて長居はしない。

五月の連休が過ぎたある日、美和子は痰が赤く染まっていることに気付いた。

医師からは喀血するかもしれないと聞いていたが、駄目を押されたような気がした。

痰を吸引して、体を拭いていると、白かった肌が見る見るうちに、紫色になっていく。

茂を呼び、タクシーで、病院に運び込んだ。

応急処置をおえた医師が二人を呼んだ。

「このままでは、持たないので、手術しましょうか。

穴をふさぐことは無理ですが、肺動脈を他の動脈とつないで血流を改善すれば、肺の低酸素の進行を止められます。

しかし、この手術によって治るということではありません。

このまま、ほっておくよりは延命できるということです。

それから、もちろん最善は尽くしますが、手術自体に大変危険が伴いますので、成功する保証はない。

このことをよく理解して、手術するかどうか、決めてください」

「成功すれば、寿命が延びるということですか?」

「成功すればそうですね」

「心臓の穴が自然に閉じる可能性もあるのですか?」

「可能性がないとは言いませんが、穴の大きさが問題です。

小さければ、ほとんどほっておいても閉じるのですが、残念ながら、少し大きいと思います」

「穴をふさぐ手術はできないのですね」

「うーん、三年ほど前に、アメリカで人工心肺装置というのができて、血流を止めずに手術ができたという話は聞いていますが、日本ではまだですね。出来たとしても、乳児では、どうかな、今はまだ。とにかく、どうされますか。ご家族で相談されますか?」

「美和子、手術してもらおうか」

「はい、お願いします」

「わかりました。後程、日時を連絡します」

手術は三日後の午後に行われることになった。

当日の早朝、美和子は桐下駄の端切れを細く割いた楊枝位の木端《こっぱ》を数え、百本あるのを確認すると、巾着《きんちゃく》に入れて店をでた。

夏めいてきた朝の不忍池にはカキツバタが水中から生え、青紫の花を開いている。

美和子は花言葉が「幸運」だったことを思い出した。

道沿いの家の庭には牡丹に似た芍薬がピンクの大輪を白い薔薇と競っている。

芍薬の花言葉は「生まれながらの素質」である。

薔薇は「あなたのすべてはかわいらしい、無邪気、爽やか」だ。

神田明神につくと、神田祭を控えて、境内は飾りつけられている。

門を入り手水舎《ちょうずしゃ》で身を浄め、門に戻る。

巾着から木端をだし、地面に置くと、下駄を脱いだ。

木端を一つ持ち、参道の端を小走りで御社殿に向かう。

神殿前で、木端を傍らに置く。

賽銭箱《さいせんばこ》にお金を入れ、鈴をならし二礼二拍手一礼する。

また門に戻り木端を一つ持ち神殿に向かう。

二回目からはお賽銭は入れずに二礼二拍手一礼し、また戻る。

今年の年明けに初宮詣《はつみやもうで》に来たことが、遠い昔の様に思える。

手術の成功だけを願ってお参りを繰り返すと、あっという間に最後の木端になった。

なにかあっけなく感じた美和子は、最後の一礼をしばらく終えることができず頭を垂れていた。

お百度を終え、門に戻り下駄を履こうとすると、足裏に少し血がにじんでいる。

神殿方向に会釈をして境内を出た。

不忍池の方に下っていき妻恋坂《つまこいざか》を過ぎると美和子の前に小さな昆虫が飛んできて、地面に落ちた。

二センチ位の栗色でコガネムシのようだ。

前翅や後翅を開いて飛び上がろうとしているが、少し浮いてはすぐ落ちる。

傷ついているのだろうか。何度も繰り返すが羽ばたきは途切れて、飛びあがれない。

美和子は、立ち止まって見つめたが、もがくさまに顔をそむけて、立ち去った。

病院に行き、静かに寝ている清子に付き添っていると、看護婦がやってきて、検温し体を拭いた。

「それじゃ、行きましょうね」

と清子に声をかけ抱き上げる。

茂と美和子が顔を覗き込むと、目を覚ました清子が、二人の顔を認めたのか、嬉しそうに笑い、

「ぶあ、ぶあ」と言った。

美和子が声を掛ける。

「頑張るのよ、我慢してね」

二人とも涙が止まらない。

和子が美和子の肩を抱える。

手術室のドアが閉まり、三人は病室に戻った。


二時間がたち医師が出てきた。

手術は成功しなかった。

心不全で手の施しようがなかったという。

医師は、悔やみを述べた後、予想よりはるかに穴が大きくて四センチの心臓に一センチの穴と七ミリの穴があったと言った。

よく今まで頑張ったと。


清子はわずか半年で逝ってしまった。

棺には、妹たちがくれた人形と、正三が誂えたが履くことがなかった小さな赤いぽっくりを入れた。

やがて梅雨が明け、初盆を終えた茂と美和子は尾瀬に行った。

尾瀬ヶ原を埋め尽くしている小さな白いワタスゲと黄色いニッコウキスゲが、二人を出迎えた。

山鼻の小屋に泊まり、朝を迎えると湿原は朝霧に包まれている。

至仏山に向かって、尾瀬ヶ原のぬかるみを避けながら進んでいくと次第に霧の中に朝日が差し込んでくる。

「あ、あれ」

先行している美和子が至仏山の方向を指差す。

尾瀬ヶ原の上に白い虹が輝いている。

丸い半円の縁が朝日に光り、アーチの中は白い霧がまだらに残っている。

「清子が笑っているみたいだ」

茂が言う。

「清子。

ごめんね、何もしてやれなかったね。

でもありがとう。

尾瀬ヶ原の白い虹

お母さんたちはあなたが生まれてくれただけで、幸せだったよ」

至仏山の樹林帯を登り始める。
岩石を積んだ階段状の急登を、二人はゆっくり歩いていく。
赤橙色のレンゲツツジが咲いている。
森林限界を超えて蛇紋岩が多くなり、滑りそうになる。
尾瀬ヶ原を振り返るとまだ白い雲が覆っている。

さらに急な蛇紋岩を登ると、お花畑が広がる。
ミネウスユキソウはエーデルワイスのようだ。
ハクサンイチゲも負けじと気高く咲いている。
ハクサンチドリは名前の通り花が飛ぶ千鳥に似ている。
ヤマシャクナゲ、ジョウシュウアズマギクはピンクと

ハクサンフウロ

白に染まっている。

タカネバラ、ウラジロヨウラクのピンクに交じって黄色いキジムシロが華やかだ。

僅かな雪渓に着く。

ここでも、シナノキンバイ、タテヤマリンドウ、チングルマ、ハクサンフウロなど数えきれない。

ここで発見されたシブツアサツキは、細長く伸びた茎の先に淡紫色の小さい花を散状に付けている。

初めての出会いの時には途中で引き返した山の頂に、二人は立った。

茂は美和子に声を掛けた。

「沢山の花に圧倒されるね。

厳しい冬に耐えて、美しい夏が来たんだ」

「尾瀬は燧と至仏が、花や鳥たちを守って、育ててきたのね。

チングルマ

私、至仏山の様に強くなって生きていける気がしてきた。

そう、生きていかなくちゃ」

「そうだね、君が至仏なら僕は燧ヶ岳だ。二人で生きていこう」

白い虹は空に昇り、まだらな雲になり、その間から尾瀬ヶ原が姿を表している。

雲の向こうには燧ヶ岳が朝日に照らされて濃い緑を見せている。


悲しみから立ち直った二人は、二年後に長男を授かり、四年後に次女も生まれた。

長男は、父に似た端正な顔立ちで、一流大学の文学部に進み、放送局のアナウンサーになった。

長女は、色白の美人に育ち、隅田川に面した両国にある中堅機械製造会社の御曹司と結婚した。

茂は草履の匠と謳われ「現代の名工」の表彰を受けた。

駒正は東京でも名のとおった履物屋になった。

二人は上野の町では評判のおしどり夫婦だった。

やがて、結婚から五十四年の時が経ち、連れ添った夫婦は、相次いで生涯を終えた。

三年患った子宮癌で亡くなった美和子を追うように、九か月後に茂も胃癌で逝った。

二人の子供は、父親の葬儀の挨拶状にこう記した。

「父と母は今頃あの世とやらで、二人して日本酒でも飲みながら、芝居や下町の話でもしていることと思います。

池之端界隈にお越しの際には、そういえばここにやけに博学で話好きの亭主と、いかにも下町らしいせっかちな女房が二人で営んでいた草履屋があったと思い出していただけたら幸いです」

駒正は八十年の歴史を閉じたが、店は今も昔のままの看板を残し、不忍池の風を受けて、上野の町に建っている。


（了）

うけらの神事

出典元

○表　紙　仙台市松田茂さん　提供
○ｉページ　尾瀬保護財団　提供
○iiページ　尾瀬保護財団　提供
○四十六―四十七ページ　ウィキメディア・コモンズ（Wikimedia Commons）
　タイトル　Mt.Amidadake からの眺め　作者Σ64
○八十九ページ　尾瀬保護財団　提供
○九十三ページ　ウィキメディア・コモンズ（Wikimedia Commons）
　タイトル　尾瀬ヶ原湿原と燧ヶ岳　作者Σ64
○百四十三ページ　ウィキメディア・コモンズ（Wikimedia Commons）
○二百四十三ページ　宇都宮市塚原保さん　ブログ「熟年夫婦の山日記」http://tsukasan.hiho.jp/ より提供
○二百四十四ページ　ウィキメディア・コモンズ（Wikimedia Commons）
○二百四十五ページ　ウィキメディア・コモンズ（Wikimedia Commons）
○裏表紙　福島県南会津郡檜枝岐村《ひのえまたむら》　提供

～尾瀬保護財団からのメッセージ～

～尾瀬に入山される皆さまへ～

四季折々の美しい姿を私たちに見せてくれる尾瀬には、多くの人々が訪れ、しかも特定の時期・特定の入山口に利用が集中することによる自然への影響が心配されています。

湿原を中心とした尾瀬の生態系は微妙なバランスで成り立っていて、人からの影響を受けやすい自然でもあります。

尾瀬の貴重な自然を子供たちに伝えるためにも、また大自然のすばらしさに出会うためにも、余裕のある平日に訪れることをおすすめします。

また、尾瀬の自然のためには、一人ひとりが、湿原に入らないなどのマナーを守りながら自然と触れ合うことが大切です。是非、皆さまのご協力をお願いします。

なお、尾瀬はそのやさしいイメージとは異なり標高の高い山岳地帯であり、遭難事故も起こります。十分な事前の学習や準備をお願いします。

尾瀬に関するご質問等は当財団までお気軽にお問い合わせください。

公益財団法人尾瀬保護財団
〒 371-8570
群馬県前橋市大手町１－１－１
Tel　027-220-4431
Fax　027-220-4421
URL http://www.oze-fnd.or.jp/

～尾瀬でのマナー～

尾瀬における問題点には、「尾瀬を知らない」ことから起こる問題が多く、尾瀬に関する知識の普及啓発と、入山者のちょっとした注意で尾瀬の抱える問題点の多くは解消されます。ツアー募集パンフレットや印刷物への掲載等、尾瀬を訪れる人々への啓発にご協力ください。

【尾瀬でのマナー】

○湿原や森林内には立ち入らずに、木道や登山道を歩きましょう。
○動植物を採取しないようにしましょう。落枝を杖にするのもやめましょう。
○自分のゴミは家まで持ち帰り、気がついたゴミも拾いましょう。
○野生生物を守るため、犬などのペットの持ち込みはやめましょう。
○木道は右側通行です。また、木道ではたばこは吸わないようにしましょう。たばこを吸う人は、必ず携帯灰皿を利用しましょう。

【服装・装備は万全ですか？】

○尾瀬は山の中です。服装は一般登山の支度で出かけましょう。
○尾瀬は登山です。睡眠不足や飲酒などに注意し、体調を整えてから入山しましょう。また、ゆとりのある計画を立てましょう。
○足元はしっかり、軽登山靴や足首を守ってくれる運動靴を履きましょう。特にミズバショウシーズンは登山道に残雪があり、大変滑りやすいので、登山靴がよいでしょう。
○尾瀬の天気は変わりやすいので、カッパや折りたたみ傘などの雨具を必ず持ちましょう。また、尾瀬には医療機関がないので、簡単な救急セットも持ちましょう。
○春先や秋は、セーター、ジャンパーなどの防寒具を必ず用意しましょう。
○荷物は、ザックに入れて背中に背負いましょう。疲れないし、両手が使えて安全です。

【尾瀬へは平日に】

○土・日・祝日は大変混雑します。出来るだけ平日を利用しましょう。

（公財）尾瀬保護財団

悠木龍一（ゆうき　りゅういち）

1952（昭和 27）年埼玉県生まれ。2007（平成 19）年より本格的に登山を始める。200 座程度登頂。2012（平成 24）年から、日本百名山を背景にした小説を執筆。横浜市在住。

燧《ひうち》と至仏《しぶつ》

2015年 8 月30日発行

著　者　悠木龍一

発行所　ブックウェイ

〒670-0933　姫路市平野町62

TEL.079 (222) 5372　FAX.079 (223) 3523

http://bookway.jp

印刷所　小野高速印刷株式会社

ISBN978-4-86584-039-1

乱丁本・落丁本は送料小社負担でお取り換えいたします。